KB035015

부모, 나를 사랑하며
더불어 사는 사람을
성장시키는 경험

&

보물 같은 아이를
많이 낳자

워킹맘 10년 차가 되어서 깨달은 것들

내 품위를 지키며 엄마로 사는 법

작가의 고유의 글맛을 살리기 위해

한글 맞춤법에 맞지 않는 일부 표현을 수정하지 않았습니다

내 품위를 지키며 엄마로 사는 법

강해송

마음세상

프롤로그

보랏빛 꿈으로 만난 결혼, 막상 뚜껑을 열어보니

어느덧 초등학생이 된 형제는 서로 대화를 하며 잘 놀다가도 종이조각 하나를 놓고 싸우고 다시 화해를 하는 둘도 없는 친구가 됐다. 이렇게 자라서 엄마랑 상관없이 놀고 있는 아이들의 모습에 웃음이 나왔다. 그동안 아이들이 이렇게 크기까지 내가 힘들다고 생각했던 순간들이 주마등처럼 스쳐 지나갔다. 아이들이 이렇게 성장하기까지 내 인생의 최우선 순위는 아이들이었다. 내 사회적, 경제적 능력보다 아이들과 함께 보내는 시간이 너무나 중요했다. 작은아이가 두 돌이 지나며 복직을 하여 워킹맘이 된 지금도 아이들이 내 인생에서 가장 소중하지만 엄마의 인생도 중요하다는 걸 이제는 알고 있다.

결혼 전의 나는 책을 읽고 배우며 그 과정 안에 사람들을 만나는 것을 매우 즐거워했다. 그렇게 교육을 받는 것을 즐기다가 결국 나는 상담심리석사를 마치고 나서야 결혼을 위한 연애를 시작했다. 그 후 결혼을 하고 우여곡절 끝에 두 아이의 엄마가 됐지만 만약 결혼을 하지 않았다면 틀림없이 내 발전과 성공을 위한 질주를 하며 살고 있을 거다.

결혼과 출산은 내 인생의 가장 큰 변화였다. 몇 백 만 원씩 투자하며 배우는 것에 거침이 없던 내가 커피숍의 커피 한 잔 사는 것을 아까워하는 인색한 사람이 어느새 되어 있었다. 그렇게 나는 전업주부가 되며 아이를 돌보는 것 말고는 아무것도 할 수 없는 작은 사람이 된 듯 했다.

그런데 이제와 돌아보니 아이들을 돌보는 거야말로 어마어마한, 사람을 키워내는 훌륭한 일인데 그때 나는 거기까지 생각이 미치지 못했던 거다. 그뿐만 아니라 두 아이를 낳는 과정도 쉽지 않아 두 아이 모두 조산을 해야 했는데 만삭으로 아이를 출산하기에는 몸이 너무 약했던 거다.

엄마로서 체력이 약해 늘 한계를 느껴 우울하다고 여기던 시간을 돌아보니, 사실 그때가 나를 많이 성장하게 했던 시기였다.

어느새 부쩍 자란 아이가 책을 읽어달라고 쫓아와 엄마 무릎에 앉곤 했다. 이 작은 몸집의 아이는 곧 무릎에 앉힐 수 없을 정도로 커버릴 시간이 올 거다. 이런 아이와 함께하는 보석 같은 시간은 지나가면 다시 오지 않을 정말 소중한 시간이다. 그러나 내가 이렇게 귀한 시간이라는 것은 깨닫는 데는 여러 시행착오와 마음고생이 있었다. 그래서 나는 손가락 사이로 빠져나가는 시간 속에서 훗날 청년으로 자랄 아이들과 어떻게 지내야 할까? 고민했고 그래서 내가 선택한 삶에 대한 공부는 좋은 책이었다. 책을 읽으며 엄마로서 직접 아이를 키워보니, 아이를 낳고 양육한다는 건, 책임과 의무를 짊어지고 하루하루 살아나가는 게 아니었다. 육아의 본질은 결국은 나를 사랑하고 소통하는 인생으로 살도록 성장하게 만드는 경험이었다.

나는 이 소중한 경험으로 출산을 주저하는 분들에게 출산을 권하는 단계에까지 오게 됐다. 좋은 책과 여러 사례를 통해 많은 위로와 도움을 받으며 나도 내가 깨달은 지혜를 누군가와 나누고 싶어진 거다. 그러므로 이 책은 나처럼 힘들었을 워킹맘에게 내가 전하는 선물이다.

이 책에서 나는 육아의 좌충우돌 시간이 지나고 쑥쑥 커가는 아이들과 함께 할 수 있는 시간이 부모로서 사실 그리 길지 않으며,

그 시간 또한 얼마든지 알차고 행복하게 보낼 수 있음을 힘껏 전하고자 했다. 또 두 아들을 키우는 엄마로서 형제간의 우애, 좋은 사람, 신사의 격을 갖춘 남자로서 어떻게 잘 성장할 수 있을지의 가치관을 담았다.

우리나라의 인구 밀도가 계속 떨어지는 맥락에는 부모로서의 헌신과 희생하는 역할을 감당하기 힘들다는 지금 세대의 가치관이 작용하고 있다.

결혼을 하고 아이를 탄생시키는 일! 결혼을 계획하거나 결혼 후에도 계속 출산을 망설이시는 분에게 응원을 드린다. 부모로서의 삶을 너무 무겁게 생각하지 말고 인간으로서의 권리, 출산과 양육의 기쁨을 누려보라고 권하고 싶다. 또한 고단한 현대사회에서 엄마로서의 삶을 선택한 모든 워킹맘분들께도 아주 중요한 가치를 잘 선택하셨다고, 최선을 다하는 걸 넘어서 즐거워지는 육아까지 경험하셨다면 이미 잘해 오신 거라는 말을 전하고 싶다.

이 책에는 이런 생각이 되기까지의 엄마로서의 내 육아성장기가 실려 있다. 그러므로 출산과 육아를 망설이는 예비엄마에게도, 지금 육아의 일상을 살고 계신 부모님께도 수줍은 일독을 권한다.

프롤로그

보랏빛 꿈으로 만난 결혼, 막상 뚜껑을 열어보니 6

Part 1

달달한 부부시절은 안녕, 이제 부모라니!

· 그를 만나 신부가 되다 16
· 달콤한 것은 순식간에 애틋이 지나가다 20
· 아이의 탄생! 나만 이렇게 힘든가? 25
· 내편인 줄 알았고 도움이 절실했지만 그는 남의 편 29
· 행복한 가정을 위해서는 노력을 해야 한다니 34
· 엄마아빠의 역할이 따로 있나? 39

Part 2

과연 헌신의 의무뿐일까? 심오한 육아세계

· 점점 복잡해지는 양육세계, 아이의 주 양육자는 누구? 45
· 육아용품 소비시대, 그러나 꼭 필요한 건? 52
· 인기 끌고 싶은 부모, 제멋대로 부모 57
· 아이가 일학년이면, 엄마도 일학년 63
· 요알못 엄마를 가르치는 아이 68
· 보여주는 부모, 닮는 아이 73
· 산타는 왜 세 번 밖에 안와? 78

Part 3

말만 들어도 말리고 싶었던 형제 육아, 어느덧 지혜로워져!

· 막무가내 떼쟁이들, 엄마 사표 써! 84

· 훈육, 허용의 무게 추는 균형을 이뤄야해! 90

· 스마트폰과 게임, 적절하게 사용하게 하는 법 94

· 형제 육아맘, 둘이라서 좋아! 99

· 형제의 전쟁터를 평화의 놀이터로! 104

· 꼬였던 실타래를 풀어 일상의 수놓기 109

· 시간표 짜는 아빠, 지지해 주는 엄마 116

· 사랑하고 또 사랑, 너를 사랑해! 121

Part 4

엄마 역할보다 나를 더 사랑하는 에너지 비축하기

- 엄마의 화는 식탐으로 달래고 128
- 독박육아에서 벗어나는 법 배우기 133
- 원가족으로부터 정서적으로 독립하기 137
- 역할보다 나 먼저 사랑하는 법 142
- 도망가고 싶던 육아사막이 나를 키운 건! 147
- 엄마 사람이 아닌 나로 살기 152
- 현명한 워킹맘 생활의 비결 156
- 나는 불평 전, 요청 할 수 있는 엄마! 161

제5장

너는 이런 사람이면 좋겠어

- 가치관 훈육은 쉽지 않아! 168
- 과보호는 그만, 가정 내 역할주기 173
- 아이가 스스로와 남에게 예절을 지키는 또래생활 177
- 사랑하되 중요한 건 일관성 있게! 183
- 형제를 더불어 사는 시민으로 키우는 법 188
- 진정한 부자로 키우는 법 193
- 아이도 멀리 바라볼 줄 안다 197
- 아이와 함께 꿈꾸는 명문가 201

에필로그

비로소 웃으며 그려 보는 가족사진 205

Part 1

달달한 부부시절은 안녕, 이제 부모라니!

| 부모가 되다 |

그를 만나 신부가 되다

20대 나는 직장과 공부로 연애보다는 내 성장 우선순위로 살았다. 그랬던 결과 30대에 접어들면서 직장에서 인정받고 대학원 졸업장도 받았지만 연애의 시작은 남들보다 10년이 늦었고, 직장 동료들이 결혼해 가정을 만들어 행복한 모습이 크게 다가왔다.

'아, 이젠 정말 결혼을 해야겠구나' 싶어 그때부터 소개팅을 수차례 하는 건 물론 연애 서적을 읽으며 결혼하려고 노력했다. 하지만 나이는 점점 먹어 가는데 결혼할 짝을 찾지 못해서 애가 탔다. 혼자 하는 결혼이 아닌 둘이 하는 것이기에 내 마음대로 되지 않아 반복되는 만남들이 계속됐다. 그러다 나중에 차나 한 잔 하며 어떤 사람인지 얘기나 들어보자는 심정이 됐다. 이제 소개팅에 기대를 하지 않게 된 거였다. 그 무렵 운명적으로 만난 사람이 지금의 남편이다.

일요일 저녁의 소개팅, 그를 만나러 가면서 꼭 결혼하기 위해서 잘 될 수 있는 사람을 찾겠다는 조급함을 내려놓고 가벼운 마음으로 레스토랑으로 향했다. 그런데 웬일, 첫 만남임에도 그와 이야기가 잘 통했고 대화를 하면 할수록 살아온 환경도 비슷하다는 동질감에 편안했다. 하지만 내가 호감을 받았다고 애프터로 이어지는 것도 아니어서 또 만날 수 있을지 장담할 수 없기에 저녁 식사 후 공원 한 바퀴를 걷자고 제안했다. 그는 나중, 식사 이후에 공원 산책을 제안하는 내가 자기를 싫어하지 않는다는 느낌을 받았다고 했다. 같이 공원을 걸으며 더 호감을 느꼈는지 그는 다음에 또 만나고 싶다는 문자를 보냈다.

사랑이란 이런 거였다

징검다리처럼 느껴지는 소개팅 속에 '혹시 다음에 만나면 호감이라고 표현하고 싶다'는 마음이 드는 사람이 간혹 있었는데 그에게는 그런 아쉬움을 남기고 싶지 않았다. 그래서 그를 만날 때는 예전 같으면 '지금 뭐하는 거지'라고 진작 끝냈을 만남을 이어갔다. 만나지 못하는 날에는 전화 통화를 많이 했고, 만나면서 내 성격상

표현 안 했을 말과 행동, 또는 술에 취한척하며 솔직한 속마음을 얘기했고 재미있는 데이트를 제안했다.

그렇게 우리는 주말마다 데이트를 즐겼는데 그때마다 많은 이야기를 나누던 그의 모습이 좋았다. 처음에는 시내에서 데이트를 하다 교외로 나가기도 했는데 차가 없던 그는 내가 차를 가지고 나가면 운전을 하곤 했다. 바닷가에서 그가 목장갑을 끼고 조개를 굽는 모습이 나쁘지 않았고, 내가 평소에 가고 싶었던 수목원을 갈 때는 이른 아침임에도 우리가 먹을 김밥을 준비해 온 것도 좋았다. 어느 날, 그가 '그동안 어디에 있었느냐 우리는 조금 더 일찍 만났어야 했다'고 말하는 거였다. 하지만 우리가 더 어린 나이에 만났다면 추억만 남기고 결혼까지는 못 했을 거라는 생각이 든다. 왜냐하면 그때 내 지상 최대의 목표가 결혼이었기에 말이다.

결혼은 정말 타이밍이다

그를 만날수록 나와는 전혀 다른 성격의 사람이라는 점도 끌리는 이유가 됐다. 우유부단하고 선뜻 선택을 하지 못하는 나와 달리 좋고 싫음이 명확했고, 셈이 빠르고, 결정을 잘 내렸다. 내가 하지 못하는 걸 참 잘하는 그를 만날수록 내게 없는 부분이 멋지게 다가왔다. 그러면서도 나와는 정반대의 성향을 가진 이 사람이 왜 나를 좋아할까? 왜 내게 이렇게 잘해줄까? 라는 의문도 들었다. 내 어떤 점이 좋으냐고 물으니 그는 '순수하고 이기적이지 않는 모습이 좋다'고 했다. 어쨌든 우리는 그렇게 서로의 눈에 콩깍지가 끼어 만난 지 8개월 만에 전격 결혼에 이르렀다.

지금 생각해 보면 정말 결혼은 타이밍인 듯하다. 두 사람이 결혼을 하고 싶고 결혼 준비도 마쳤다고 생각한 시기에 만난 우리였기에 어느새 결혼을 하여 한집에 살게 된 거다.

달콤한 것은 순식간에 애틋이 지나가다

우리의 신혼기간은 정말 행복했다. 일이 끝나고 집으로 돌아오면서 '나 퇴근해'라며 전화할 수 있는 사람이 있어서 좋았고, 직장에서 받는 스트레스도 남편과 이야기를 하고 함께 있다 보면 덜 힘들다고 느끼게 된 거다. 무엇보다도 내 편이 생겼다는 사실이 제일 좋았다. 또 결혼을 인생의 최고 과제로 고민했던 내가 드디어 결혼을 해서 남편과 함께 저녁밥을 먹으며 본래 살이 없었던 내가 살이 올랐다. 결혼 전의 나는 결혼 후 살이 찌는 직장동료를 보며 살을 빼라고 장난스럽게 놀리곤 했는데, 이제는 내가 놀림을 받게 된 거다.

무엇보다 평생을 갈 안정감, 믿고 의지할 남편과 함께 할 수 있다는 게 너무도 행복해 옆자리를 지켜주는 남편을 볼 때마다 결혼하길 잘했다고 생각했다. 그렇게 행복한 얼굴로 편안해진 내게 사람들은 결혼하고 더 예뻐졌다, 동생들도 까칠한 언니가 참 온화해졌다고 자기도 결혼하고 싶다고 했다. 그러므로 내가 결혼전도사가 된 건 어찌 보면 당연한 거였다.

꿈같은 신혼의 달콤함

결혼 후 첫 휴가로 우리 부부는 짧은 연애기간 동안 못 다한 데이트를 즐기고자 메타세쿼이아와 대나무로 유명한 담양여행을 다녀왔다. 여행 중 메타세쿼이아 가로수 길을 걷다가 중간에 있는 나무그늘 아래의 평상에 누워서 바라보는 하늘은 너무 아름다웠다. 그때 누워 있던 우리 옆으로 땡볕인데도 커플 자전거를 타고 지나가는 연인들의 모습이 눈에 띄었다. 그 모습을 본 내가 가볍게 남편에게 자전거 데이트를 제안하자 남편은 연애 기간별 커플들의 모습을 분류하며 만난 지 100일이 안 된 사람들이 타는 게 자전거이고, 너무도 편하게 누워 있는 우리의 모습은 부부라고 하는 게 아닌가? 100일이 훌쩍 지나 편해진 우리 사이에서 굳이 땀나는 자전거를 타기 싫다는 거였다.

남편과 만난 지 1주년을 기념하며 집에서 둘만의 파티도 했다. 삼겹살에 와인 한 잔을 하며 즐거웠고 거실 창가에 티테이블을 비치하며 남편과의 낭만적인 시간을 보내고 싶은 고민으로 행복해했다.

그러나 반면, 결혼으로 행복한 만큼 내가 해야 하는 역할들이 늘어났다. 결혼 전에는 내 부모와 형제만 챙겼지만 남편과 함께 시댁이라는 새로운 가족을 만나며 아내와 며느리로서의 의무가 추가된 거다. 결혼 후의 첫 제사가 돌아오자 나는 시댁의 첫 제사를 어떻게 지내야 할지 고민했다. 시어머님과 형님이 잘 해오셨고 나는 옆에서 거들기만 하는 건데 며느리로서 참여해야 하는 제사가 왠지 불편하면서도 한편 시댁 식구들에게 잘해서 예쁨도 받고 싶었다.

여자에게 결혼은 공평한가?

어쨌든 나는 남편과 시부모님 댁까지 5시간여 이동해 음식 준비를 해 제사를 지내고 설거지까지 하고 서울로 돌아왔다. 그렇게 주말을 시댁 행사로 보내고 월요일에 출근해 사무실에 앉아 있는데 갑자기 억울한 감정이 올라왔다. 나는 며느리로서 낯선 얼굴과 문화에 적응하느라 삐질삐질 진땀을 흘리며 노동을 했는데 남편은 과연 처갓집에 가서 무슨 일을 해야 공평할까라는 질문이 생긴 거다. 처갓집에 가면 백년손님인 남편이 할 수 있는 일은 무엇인가 말이다. 농번기에 처갓집에서 고된 농사일에 참여시킬까? 주말을 몽땅 며느리의 역할을 하는 데 쓰고 난 후 뭔가 이 결혼제도가 불평등하다는 기류에 휩싸여 내내 개운치 않은 내 감정이 남편에게 보상심리를 바라고 있다는 걸 알아차리고 나는 한동안 실소를 금치 못했다.

남과 여가 인생의 동반자를 얻었을 뿐인데 그 관계를 유지하기 위해서 치러야 할 대가가 며느리의 의무로 이어지는 결혼제도. 누가 봐도 여자에게 불평등한 일이었다.

또 제사는 그 시작에 불과해 결혼의 현실에 맞닥뜨려 저항을 크게 느낀 내게 신혼의 달콤함은 점점 사라지고 감당하고 싶지 않은 여러 일이 쓰나미처럼 덮쳐왔다. 그 이후로 임신, 출산과 양육의 시간을 지나며 우리 부부의 심리적 거리는 점점 멀어졌다. 앞의 사례 외에도 엄마, 아빠가 된 우리가 감당해야 하는 경제적인 활동, 가사노동, 양육의 첫 경험이 나날이 버거워 둘만의 달달한 시간은 상상조차 할 수 없었다. 그렇게 우리는 대화가 줄어들고 서로에 대한 이해가 사라졌다.

그와 그녀가 만나 부부가 된 후, 요즘말로 현타를 느끼는 시점, 개인과 개인의 마주함이 점점 멀어지던 내 신혼시절의 달콤함은 어디에서 보상받을 수 있고 누구의 탓이었을까? 오래도록 가부장적 문화를 지켜온 우리 사회구조라 해도 개개인의 희생은 여전히 너무 크다.

아이의 탄생! 나만 이렇게 힘든가?

나는 결혼 전부터 아이는 꼭 둘을 낳고 싶다는 갈망이 있었다. 왜냐하면 자녀를 가진 4인 가족이 참 좋아 보였기 때문이다. 다른 가정은 출산이 어려워 보이지 않았는데 내가 경험한 출산과정은 쉽지 않아 첫아이는 35주, 둘째 아이는 30주로 조산했다. 평상시 건강에 문제가 없다고 자신했던 나였지만 임신과 출산의 과정에서 내가 몸이 약하다는 걸 알았다. 그래도 그렇게 어렵게 낳았지만 지금은 건강하게 자라주는 아이들이 대견하다.

아이를 탄생시키는 건 쉽지 않아

1년의 신혼기간을 보내며 우리 부부는 아이를 많이 기다렸다. 그러던 중 임신 테스트기로 확인하고 산부인과 진료를 받던 중 내가 아이를 낳기에는 몸이 약하다는 걸 알았다. 초기에 임신으로 이어지지 않는 일이 반복되며 나는 극도로 신경을 쓰게 됐다.

그러다 임신을 확인한 후에는 회사까지 휴직하고 아이를 위한 태교에 전념했다. 몸에 무리가 갈 일을 못 하고 건강한 출산만이 목표였기에 십 개월은 너무 길었다. 온종일 남편이 퇴근해서 돌아오기만을 기다리며 방안에서 시간을 보내야 했던 나는 외롭고 우울해지기까지 했다. 아이의 건강과 내 평범한 일상을 교환한 거였다. 하지만 그런 노력에도 만삭을 채우지 못하고 결국 대학병원에서 출산했고 첫아이는 신생아집중치료실에서 황달 치료를 받아야 했다. 드디어 아이와 첫 대면을 한 나는 힘겹게 숨을 쉬는 아이를 보고 있자니 눈물이 저절로 나며 지난 십 개월이 주마등처럼 스쳐 지나갔다. 기쁘기도 안쓰럽기도 했던 거다.

어쨌든 다행스럽게도 첫 아이가 무럭무럭 자라 출산의 고통도 희미해질 무렵, 둘째를 낳으라고 한 사람은 없지만 나는 복직 전에 둘째를 낳아야겠다는 생각에 조급해졌다. 왠지 그때가 아니면 아이를 못 낳을 거 같다는 불안이 있었던 거다. 그렇게 둘째를 임신해 큰아이와 20개월 터울의 아이를 출산하게 됐는데 큰아이 때처럼 조산이 염려돼 25주차에 자궁경부무력증으로 대학병원에 입원하고 말았다. 환절기에 감기로 아픈 거 외에는 병원과 거리가 먼 사람이었는데, 한 달이 넘도록 병원에서 주렁주렁 약을 달고 침대와 한 몸이 된 생활을 하게 된 거다. 처음에는 어쩌다 그렇게 됐나 오만가지 생각이 다 들었고, 시간이 흐를수록 최대한 버텨 건강한 아이를 출산하려 노력했다. 하지만 아이의 출산을 지연할 수는 없어서 아이가 태어나고 나는 친정으로 내려가고 아이는 한 달이 넘도록 입원해 있었다. 그 당시 두 사람 병원비만 천오백만원이 넘었다.

셋째로 딸을 낳으라고?

아이들이 자라고 놀이터에서 놀 수 있는 나이가 되어 함께 놀이터에 앉아 있으니 사람들이 셋째로 딸을 낳으라고 권하곤 했다. '셋째라' 병원에서 간호사가 했던 말이 생각났다. 혹시 셋째를 낳을 거면 임신초기에 와서 자궁경부를 묶어주는 수술(맥도널드 수술)이 있는데 그걸 하라고, 그러면 문제없이 아이를 낳을 수 있다고 했다. 그 말을 듣고 둘째를 낳을 때 미리 수술했다면 병원생활을 막을 수 있지 않았을까 라는 뒤늦은 후회가 있었다. 그러니 셋째를 낳는 게

영 불가능한 일은 아니었다. 하지만 나는 임신과 출산의 과정을 반복할 용기가 나지 않았다. 남편 역시 둘째 아이를 보며 가끔 참 어렵게 태어났다는 말을 하는데, 그때의 마음고생이 잊히지 않는 듯했다. 그렇게 우리는 아이 둘을 제대로, 잘 키워보자는 의욕을 다지며 우리에게 셋째는 없는 걸로 암묵적 합의를 했다.

내편인 줄 알았고 도움이 절실했지만
그는 남의 편

내게 육아휴직 기간은 경제적 능력을 포기하고 아이를 선택한 시간이었다. 아이에게는 다시 돌아오지 않을 소중한 시간을 내가 직접 아이를 양육해야 한다는 일념으로 육아휴직을 선택했다. 또 아이를 조부모님께 부탁하고 일을 계속할 수도 있었지만 아이는 오직 엄마가 주 양육을 해야 한다고 여겼다. 하지만 꼭 그렇지도 않다는 생각이 요즘에서야 든다. 좋은 직장으로 출퇴근을 할 수 있던 나였지만 빨리 시간이 지나 아이들이 부쩍부쩍 자라기만을 바란 거다. 하지만 그런 내 마음을 모르는 아이들을 온종일 바라보는 하루는 참 더디게 지나갔다.

그 시기에 나는 어쩔 수 없이 남편에게 매우 의존적이 됐다. 경제적인 건 물론이고 아이들과 외출, 바깥활동까지 전적으로 의지할 수밖에 없는 상황이 된 거다. 또한 내가 아이를 위해서 포기했던 것들을 남편에게 보상받길 원했다. 하지만 남편은 엄마의 역할이 너무나도 당연하게 희생이라고 생각하는 것처럼 보였고, 내 그런 노력을 알아주지 않는 남편이 나는 점점 원망스러웠다. 또 나는 우리 가족의 미래를 위해 한 푼이라도 아끼려고 아등바등 궁상스럽게 사는데 남편은 사회생활을 하나도 포기하지 않았다는 것도 억울했다. 그래서 이해되던 남편의 행동이 점점 이기적으로 느껴지기 시작했다.

좋은 아빠지만 좋은 남편은 아닌 사람

그렇다고 남편이 크게 어떤 잘못을 했느냐 라고 묻는다면 그렇다고 말할 수도 없는 게 퇴근 후에 남편은 아이 목욕을 시키는 것으로 하루를 마무리했다. 또 아이가 자다가 깨면 거실로 안고 나가 재우고, 우유를 먹이거나 기저귀를 갈아주는 것도 열심히 했다. 아이를 참 좋아하고 자기가 줄 수 있는 사랑을 모두 주려고 노력하는 남편은 우리 시대의 그냥 평범한 남자였다. 가부장적이지만 이기적인, 그러나 좋은 아빠임엔 틀림없지만 좋은 남편이라는 생각은 들지 않는 거였다.

보물 같은 아이를 둘이나 낳게 해 준 남편은 분명히 고마운 사람 맞다. 유난히 자식 욕심이 많았던 내 청을 받아들인 거고 아이들에게도 좋은 아빠로서 그 역할을 다하고 있으니 그것도 좋다.

다만 아쉬운 건 왜 남편은 결정적인 순간에 남의 편을 더 이해하는 것처럼 보여 나를 외롭게 만드는 걸까? 그점이 내 오랜 물음표였다. 시댁과의 갈등이 있어 힘들 때 남편은 아내인 나보다 부모님의 의견을 선택하는 모습을 보여줘 너무나 큰 충격을 받았다. 결국, 그 사건은 내가 남편을 불신하는 계기가 됐다. 결혼을 하며 내가 꿈꿔왔던 배우자는 무조건 내 편일 거라는 기대가 무너지던 순간이었다. 만약 연애를 하는 중이었다면 뒤도 안 돌아보고 헤어졌을 텐데 이미 결혼해 가정을 이루었기에 어쩔 수 없이 마음으로만 울 수밖에 없었기에 내 상처는 정말 컸다.

마음을 달랠 수 없었던 나는 다른 사람들은 어떻게 결혼 생활을 하는지 궁금해 커뮤니티에 가입했다. 그러면서 다른 사람들의 결혼 생활도 나와 크게 다르지 않음을 알게 됐다. 맘카페 게시판의 글을 읽어 보면 남편을 돈 벌어오는 기계, 비즈니스 파트너, 누군가는 명예회장이라는 직책을 주고 힘든 시기를 극복하며 살고 있다는 말이 대부분이었다. 결혼을 했으니 두 사람이 협력해서 잘 살아야 하는데 그 과정이 모두 쉽지 않았던 거다. 그렇게 말, 마음이 멀어져 몸도 멀어지는 사람과 산다는 게 너무 괴로웠다. 그렇게 남편과 형식적인 부부일 뿐 실제로는 남남처럼, 따로 또 같이 라는 생각이 들던 시기였다.

우리 부부의 공통분모는 부모

관심과 대화가 사라진 우리 부부에게는 의무만이 남았기에 끝이 없어 보이는 일상의 모든 의무를 내려놓고 자유를 꿈꾸게 됐다. 간절히 내가 소망하던 4인 가족을 만들었는데 그걸 구속처럼 생각하고 벗어나고 싶은 아이러니라니! 한없이 우울했지만 그럼에도 나를 찾는 아이들의 얼굴을 보며 움직이지 않을 수는 없었다. 오랜 고통 끝에 나는 엄마의 역할에 집중해야겠다고 결심했다.

그래서 가족 안에서 엄마, 아빠의 역할로 우리 부부를 살펴보니 삶의 가치관이 비슷한 공통분모가 부모였다. 사실 지금 와 생각해보면 그때의 나로서는 그것이 실낱같은 희망의 불씨였다. 우리가 아이들에게 꼭 필요한 사람이고 각자의 역할이 다름을 인정하며 남편을 조금은 수용할 수 있게 됐다. 그러면서 어쩌면 남편도 나와 똑같은 감정의 변화를 겪고 있었던 건 아닌지도 생각해 보게 됐다. 그러니 나도 최소한의 함께 사는 사람으로서의 예의는 지켜야겠다는 깨달음이 왔다.

어떻게 해도 이해할 수 없었던 남편, 우리의 다름을 받아들이는 첫 시도였다. 나와 너가 달라서 그렇다는 걸 받아들이니 남편의 행동은 당연했던 거였다. 그러면서 나는 어땠는지, 어떤 사람인지를 돌아보며 부부니까 모든 걸 같이 해야 한다고 여겼는데 서로의 자유를 지켜주는 것도 중요했다. 그러다 탈무드의 한 구절이 떠올랐다.

'싫으면 하지 말고, 하려면 최선을 다해라'

『탈무드』 –중–

아이에게 가르치고자 했던 걸 내게 적용해보니, 가족 안에서의 역할은 내가 모두 선택할 수 있는 거였고 내가 한 선택에는 최선을 다해야 했다. 그렇게 생각을 정리해오며 시간이 지난 지금, 이제는 남편과 서로의 욕구를 충족시킬 수 있는 협의점을 찾는다. 고맙고 필요한데 남의 편인 남편을 알고, 또 나라도 내 편이 될 수 있는 좋은 사람이 되고자 오늘도 나를 다독인다.

행복한 가정을 위해서는 노력을 해야 한다니

결혼 후의 남편을 이해할 수 없어 한동안 애증의 관계였던 남편, 여전히 풀지 못한 수수께끼가 있지만 이제는 살아볼수록 든든한 사람이다. 같이 지냈던 시간만큼 더 많은 시간을 보내야 하고, 평생을 나와 함께 가야 할 사람.

존중하려는 연애 때와 다른 남편을 어떻게 이해하고 친해져야 할까를 생각하게 됐다. 가족 안에서의 내 역할에 집중하며 남편과 어떤 관계를 맺어야 할까를 말이다. 나는 아주 어려운 듯, 쉬운 것을 일상에 당장 실천해 보기로 했다. 물론 이 모든 건 함께성장인문학연구원에서 가족에 대해 공부하며 습득한 거다. 그 몇 가지는 다음과 같다.

남편 존중 실천하기

첫 번째 : 맞이하기

우선 남편이 퇴근해 집으로 돌아오며 현관에 들어설 때면 아이들과 문 앞에 서서 기다렸다가 잘 다녀왔느냐는 인사를 하기 시작했다. 아이들도 나도 아빠에게 잘 다녀왔냐는 말을 하며 그를 환대하는 모습을 보여준 거다. 사실, 그전에는 퇴근을 한 남편이 '나 왔어'라고 인사를 하면 아이들과 나는 '어, 왔어'라고 대꾸를 했을 뿐이었는데 아이들과 남편을 맞이하기 시작하며 처음에는 서로 쑥스러워했지만 작은 변화가 일어났다. 우선 남편의 표정이 밝아진 거다. 이후 우리는 가족이 집에 돌아오면 반가운 인사로 맞는 것을 계속해 왔다.

두 번째 : 밥상지키미

또 내 역할에서 남편과 더 친밀해지는 것에는 무엇이 있을까 생각해보니 식사였다. 남편은 무엇이든 가리지 않고 잘 먹는 편이다. 그래서 나는 우리 가족의 저녁 밥상을 더 신경 쓰고 책임을 지려 했다. 나 또한 일터에서 돌아와 피곤한 몸으로 진수성찬으로 차릴 수는 없지만 내가 할 수 있는 요리를 정성껏 준비했다. 그동안 동생의 남편, 제부들은 요리를 잘해서 동생들은 먹기만 하는 장면을 여러 번 보며 우리 남편만 요리를 하지 않아 부럽기 그지없었다.

그러나 우선 내가 먼저 밥상 차리기를 내 일로 받아들이니 더 이상, 마음이 상하지 않았다. 또 귀가가 제일 늦은 남편은 어쩔 수 없이 혼자 밥을 먹어야 했는데 어느 날부턴가 아이들과 내가 남편 옆에 앉아서 오늘 하루 있었던 일들을 이야기하기 시작했다. 처음 그런 시도를 했을 때 역시 어색하고 또 대화 도중 말이 끊겨 무슨 말을 해야 하나라는 순간도 있었지만 그래도 나는 끝까지 그 자리를 지키려고 노력했다. 그 결과, 지금 우리 밥상은 시끌벅적 수다밥상이 됐다.

세 번째 : 아빠의 권위 살리기

그다음으로 내가 한 실천은 아빠의 권위 세우기였다. 예를 들어 불같은 남편과 고집불통 큰아이가 맞설 때면 '아빠가 그렇다고 하면 그런 거다'라고 남편의 편을 들어 준 거다. 나 또한 남편이 아빠로서 하는 말에 찬성할 순 없어도 공식적으로는 반대를 안 하려고 노력했다. 그러자 어느 날 큰아이가 항상 아빠 편만 드는 내가 불만이었는지 엄마는 왜 아빠가 하는 말이 다 맞느냐는 질문에 나는 '아빠는 우리 집의 어른이야. 그러니 아들인 너와 엄마는 그 말을 존중해 드려야 한다'라고 대답해 주었다.

핑퐁처럼 불만을 주고받았던 우리

워킹맘으로 살면서 남편보다 육아와 회사일, 집안일까지 더 많은 역할을 한다는 불만이 있었다. 그렇게 늘 동동거리며 힘들게 사는 나를 돕지 않는 남편을 미워했다. 그 정도면 아내가 고생하는 걸 알아줄 법도 한데 역시 남의 편이라는 원망이 계속된 거다. 그런데 달리 생각해보니 나 역시 남편이 직장에서 인정받고 살아남기 위해 노력하고 있는 걸 미처 다 몰랐다. 남편이 그렇게 일을 해서 경제적으로 우리 가정 살림에 큰 보탬이 되어 주었는데도 인정해 주지 못했다.

육아에, 일에, 역할에 지쳐 내가 힘들다 보니 참다 참다 힘에 부치면 남편 험담이 저절로 나왔을 뿐이었다. 남편도 나도 주어진 자리에서 열심히 살고 있는 것이 눈에 들어오기 시작하면서 애초에 내가 과도한 요구를 한 건 아닐까라는 생각이 들기 시작했다. 내 기대가 충족되지 않으면 남편 탓을 한 것처럼 남편 역시 내게 그런 마음을 가지면서 핑퐁처럼 불만을 주고받아 온 우리 집이 된 게 아닐까? 이제 내게 다가온 그 마음에서 그간 표현에, 행동에 미숙했던 남편과 내가 어렴풋이 보였다.

남편과의 아름다운 거리

그리스의 철학자 디오게네스는 “사람을 대할 때는 불을 대하듯 하라. 다가갈 때는 타지 않을 정도로, 멀어질 때는 얼지 않을 만큼만”이라는 말을 남겼다.

나 또한 남편과의 사이에서 거리를 두었다. 어떤 날은 불같은 남편의 화가 내게 직격탄으로 오지 않도록 멀찍이 떨어졌고 또 내가 하고 싶은 말이 잘 들리도록 다가가기도 했다. 그러면서 내 요구사항을 정확하게 전달했고 남편이 원하는 것을 할 수 없다는 거절도 했다. 또한 내가 스스로 해결할 일과 함께해야 할 일을 구분했다. 그렇게 하니 마음속의 울분이 가라앉았다.

그리고 나는 그간 남편과 불화하던, 또는 친밀해지려고 노력했던 시간을 돌아보게 됐다. 남편과의 관계를 화목하게 하고자 실천해봤지만 늘 결과가 바로 나타나는 건 아니었다. 그래도 나는, 내가 결심한 실천들을 마음에 새기고 줄곧 실천했다. 그러면서 우리 사이에도 드디어 훈풍이 불기 시작했다.

엄마아빠의 역할이 따로 있나?

내 신혼집은 남편과 내가 영끌을 해 장만한 소형 아파트였다. 하지만 남편의 이직으로 맞벌이인 우리 부부의 출퇴근 거리 때문에 몇 번의 이사를 할 수밖에 없었다. 그러다 큰아이가 초등학생이 됐고 여러 상황 때문에 눈물을 머금고 우리는 어쩔 수 없이 집을 매매해야 했다. 그 이후 우리가 정작 살고 싶은 곳의 매수가는 가격 차이가 심해 엄두도 낼 수 없었다. 지인들이 원하는 곳에 속속 집을 매수할 때 내 집 한 칸이 없다는 상대적 박탈감을 느끼곤 했다. 하지만 서울 시내 역세권 대단지 내에 아이들의 통학거리가 짧은 초등학교가 있는 곳에 거주하는 것으로 그 마음을 달랬다. 또 살아보니 물가가 비싼 거 외에는 편의성을 갖춰 사람들이 선호하는 거주지라고 할 만 했다.

자전거를 기다리는 설렘의 시간

우선 아파트 단지는 차가 통제되는 안전한 환경이었고, 아이들은 초등학교를 걸어서 다닐 수 있었다. 학교에서는 자전거로 등하교하지 말라는 핸드폰 알림 문자를 종종 보냈지만 단지 안 어디서든 자전거를 타는 아이들의 모습을 쉽게 볼 수 있었다. 그런 모습을 보며 나는 예전 집에서는 자동차 옆에서 자전거를 타야 하는 게 위험해 아이들에게 자전거를 사주기가 망설여졌는데 이런 곳이라면 안전하겠다는 생각이 들었다.

우리 아이들도 자전거를 좋아하겠다는 생각이 드니 길을 가다가도 자전거가 눈에 띄었고 당장 초등학생 큰아이와 유치원생 작은 아이에게 새 자전거를 구입해 주고 싶었다. 내가 자전거를 사주겠다고 하자마자 아이들은 기다렸다는 듯 환호성을 질렀다. 그리고 인터넷 쇼핑몰에서 원하는 색깔과 디자인의 자전거를 고른 아이들은 부푼 마음으로 자전거를 기다렸고 마침내 자전거가 배송되자 무척 즐거워했다. 조립된 자전거와 미조립된 자전거로 주문했기에 두 아이가 함께 타려면 나머지 한 대를 조립해야 했다. 빨리 자전거를 타고 싶다고 재촉하는 작은아이는 자전거를 가게에서 조립해 올 주말까지 또 기다려야만 했다. 그런 기다림의 과정을 거쳐 자전거를 타게 된 아이들! 어느새 부쩍 자라서 새 자전거를 기다리는 내 아이들이라니. 아이들만 자전거를 기다리는 시간이 설렌 게 아니라 엄마인 나 또한 설렘의 시간이었다.

아빠에게 배우는 자전거 타는 법은 인생의 방향타!

얼마 전까지만 해도 세발, 네발자전거를 탔던 아이들은 이제, 두발자전거를 타려고 반짝반짝 빛나는 눈으로 부모를 바라봤다. 그런데 막상 아이에게 내가 자전거 타는 법을 가르쳐 주는 게 쉽지 않았다. 앞에서 핸들을 잡아주고 아이가 구르기를 반복하면 중심을 잡을 수 있는 게 아니었다. 사실 엄마인 내가 힘들게 자전거를 잡고 있음에도 마치 네발자전거의 보조바퀴처럼 여기며 아이는 스스로 타려는 노력을 하지 않았다. 아이의 태도에 자전거를 가르쳐 주겠다고 했던 나는 화가 났다. 나는 부모님이 자전거를 사주기만 하셨지 타는 법을 가르쳐주진 않아 친구들과 놀다 어느새 혼자 타게 된 자전거였다. 왠지 모르게 속상한 감정이 올라온 나는 아이들에게 '자전거는 아빠에게 배우는 거'라고 선언하고 말았다.

하지만 아이들이 아빠와 자전거를 배우는 과정도 역시 순탄치만은 않았던 게 이제는 남편이 화를 내게 됐다. 남편은 아빠 역할에 매우 충실한 사람이어서 마실 물과 음료수를 챙겨 집을 나섰다. 또 가르칠 장소를 정해서 어떻게 구르고 방향을 돌리거나 멈추는 법까지 자전거의 모든 것을 차근차근 가르쳤다. 나는 그 꼼꼼함에 내심 놀랐고 남편은 흐르는 땀을 닦아가며 아이들의 자전거를 붙잡아 주었다.

그런 아빠의 노력에도 불구하고 아이들은 좀 하다 생각대로 안 되니 슬그머니 자전거를 놓아버렸다. 그러자 남편은 그럴 거면 당장 그만두라고 소리를 질렀다. 그렇게 우여곡절 끝에 두 달이 지나자 아이들은 능숙하게 자전거를 타게 됐고, 어느덧 주말이면 한강공원으로 삼부자가 자전거를 타고 나갈 수 있게 됐다. 그 모습이 어찌나 영화 속의 한 장면처럼 보기 좋은지 나는 마음이 훈훈해졌다. 그 시간은 기대하지 않았던, 삼부자가 모두 외출한 정적을 즐길 수 있는 내 휴식시간이 되어 또 좋았다.

자전거타기의 재미에 흠뻑 빠진 작은아이가 아빠와 영상통화 중 '아빠가 돌아오면 자전거를 타고 싶다.'라고 하자 남편은 '저녁을 다 먹고 기다리면 같이 타 주겠다'고 말해 버렸다. 그날부터 퇴근한 남편은 쉬지도 못하고 아이들과 자전거를 타러 나갔고 돌아온 후에야 저녁을 먹을 수 있었다. 회사에서 지친 몸을 이끌고도 아이들과의 약속을 지키느라 애쓰는 남편. 아빠의 역할도 엄마의 역할만큼이나 쉽지 않아 보여 짠했다.

하루 10분씩 엄마와 자전거 데이트

그럼에도 작은아이는 아빠가 퇴근할 때까지 기다리기 싫었던지 유치원 하원 후 엄마와 자전거를 타자는 게 아닌가? 슬슬 꾀가 난 나는 아이에게 '엄마는 자전거가 없다. 퇴근 후 저녁밥을 챙겨주고 나면 피곤하다.'라며 실랑이했지만, 아이의 계속되는 요청에 지고 말았다. 나는 아이의 부탁을 들어주는 대신 하루에 10분 조건으로 협상했다. 퇴근 후 가족의 저녁밥을 책임지는 것만으로도 벅찬데 아이와 자전거까지 타는 게 너무 피곤했던 거다.

어쨌든 구매한 내 자전거가 도착했고 아이는 아무 때나 자전거를 탈 수 있다며 좋아했지만 나는 마냥 즐겁지 않았다. '아이들이 자라면 엄마 일도 좀 줄겠지.'라는 기대가 좀 무너진 거다. 아이들의 성장 눈높이에 맞게 부모는 지속적으로 무언가를 해주어야 한다는 강박이 다시 밀려왔다. 사실 그 강박이란 시간과 물질을 쓰고, 심리적인 응원까지 삼종세트로 묶어야 한다는 거라는 거다. 영화 속의 한 장면처럼 보기 좋았던 삼부자의 한 장면이 잠깐의 달콤함이었다면 기나긴 끝나지 않은 육아의 세계. 엄마와 아빠는 아이들의 나이 따라 조금씩 그렇게 성장을 위안 삼아 오늘을 살고 있는 중이다.

Part

2

과연
헌신의 의무뿐일까?

| 심오한 육아세계 |

점점 복잡해지는 양육세계,
아이의 주 양육자는 누구?

우리 부모님 세대만 해도 남자는 밖에 나가서 돈을 벌고 여자는 집에서 살림을 하고 아이를 키웠다. 남자는 바깥일, 여자는 집안일로 각자의 역할을 하면 충분했지만 요즘 우리 세대는 그럴 수 없는 시대가 됐다. 나는 직장 등 여러 여건으로 서울에 거주지를 두게 됐다. 그런데 교통이 편리하고 학군이 좋은 곳에 위치해 있는 동네에 살려면 외벌이로는 평생 월급을 모아도 집을 마련할 수가 없다. 사정이 이러하니 가정경제를 함께 책임지는 건 물론이고 아이의 주양육자의 역할도 해야 했다. 남자 역시 가사와 양육을 함께 해야 하는 시대가 됐다. 남자도 여자도 과거의 부모님처럼 결혼을 해도 가정을 유지하기 위해서 분담해야 할 일은 더 많아진 거다. 물론 경제적인 문제 외에도 여성의 사회참여가 어떤 직종이든 남성을 능가한다는 걸 각종 통계의 수치가 말해주고 있다. 이제 남녀구분의 역할을 나눈다는 건 구시대적 발상이 된 거다. 그러므로 현대 사회를 살면서 누구나 자아실현을 위해 성취로 직업을 갖게 됨으로 우리 부모의 역할은 더 구체적으로 요구되고 있다.

듀크족과 딩크족, 나는 듀크족을 선택했다

그래서 생긴 사회현상 중 하나가 딩크족이다. 딩크족은 결혼을 하되 아이가 없는 삶을 정상적인 부부생활을 영위하면서 의도적으로 자녀를 두지 않는 맞벌이 부부(Double Income No Kids의 앞글자를 따서 만든 말)를 이른다. 딩크족은 우리사회가 점점 인구가 적어지며 스스로가 중요해진 개인의 욕구를 추구하는 삶을 지향하며 보여지는 우리 사회의 일부분이다. 나는 한편으로는 부부중심으로 각자 원하는 것에 소비할 수 있고 투자하는 그네들의 삶이 부럽기도 하다. 나도 성장하면서 하고 싶지만 할 수 없었던 것들의 욕구가 그대로 내 안에 남아있기에 말이다. 그러나 그럼에도 나는 아이를 꼭 낳아 함께 나이 들어가는 가정을 이루고 싶었다. 이 책에서도 이야기한 것처럼 쉽지 않은 과정 끝에 형제가 선물처럼 내 곁에 왔다. 나처럼 아이가 있는 맞벌이부부 듀크족은 딩크족과 대비되는 개념으로, (Dual Employed With Kids의 앞 글자를 따서 만든 말) 부른다.

하지만 막상 직장을 병행하며 워킹맘으로 사는 건 이 책을 읽는 독자여러분도 아시는 것처럼 녹록지 않았다. 아이들이 네 살, 두 살이었던 그때, 내게 구원군이 등장했다. 우리 가정의 사정을 너무나도 잘 아시는 친정 부모님이 시골 외갓집에서 아이들을 초등학교 저학년 때까지 키워주시겠다는 거였다. 우리 부부는 주말에 아이들을 봐도 좋겠다는 친정부모님의 말씀을 듣고 내심 반가웠지만 나는 한참을 그 질문에 대답을 하지 못한 채 '육아의 주 양육자가 바뀌는 건데 괜찮을까'라는 의구심에 사로잡혔다.

첫 아이 출산 후 나는 당연히 부모가 그리고 엄마가 아이를 키워야 한다고 생각했다. 그 실천으로 작은아이가 두 돌이 될 때까지 육아휴직을 쓰고 아이들 위주로 생활을 했다. 하지만 복직 후 아이들도 나도, 나쁘고 피곤한 24시간이 48시간처럼 돌아가는 일상으로 인해 하루에도 몇 번씩 과연 이게 아이들에게 최선인가? 라는 의문이 들었다. 당장 바쁜 일상에 챙겨 먹는 식탁이 부실해 잘 먹지를 못하니 나도 아이들도 건강하지 못했다. 아이들이 조부모님과 산다면 나와 있을 때 보다 돌봄을 더 잘 받는 건 물론이고 어린이집에도 있지 않게 돼 정서적으로도 많은 도움이 될 듯했다.

워킹맘과 조력자들

그러나 결과적으로 친정부모님의 제안을 우리 부부는 받아들이지 않았다. '주 양육자는 누구여야 하는가'라는 물음에 부딪쳐 너무나도 고마운 말씀이었지만 우리는 좌충우돌 아이들의 성장을 함께 지켜보기로 결정한 거다. 물론 나는 여전히 동동거리고 바빴지만 아이들이 나이가 들수록 엄마의 몸은 덜 피곤해질 거라는 선배들의 말이 희망이 됐다.

우리 회사 동료들의 여러 사례를 살펴보면 결혼 처음부터 시댁 근처에 살거나 아이가 초등학교에 입학할 때 친정이 딸의 직장 근처로 이사를 오셔서 아파트 윗집, 아랫집에 사는 경우. 내가 제일 부러운 예로 부모님 근처에 살면서 도움을 받을 수 있는 환경이었다.

그 다음 대안이 입주 베이비시터나 등하원 도우미의 도움을 받는 등이 있다. 남편이 바빠서 독박육아를 해야 한다면 그것도 좋은 선택이다. 돈을 써서 엄마에게 가중되는 가사와 양육의 강도를 낮추면 몸의 피로도가 풀리며 자연스럽게 부부싸움도 줄어드는 경우를 많이 봤다. 그리고 마지막으로 주변의 도움 없이 아이를 키우는 거다. 아이들을 어린이집에 장시간 맡겨야 하고 엄마는 퇴근 후 육아와 가사 일을 하는, 퇴근 후 다시 집으로 출근하는 웃픈 현실이다. 그런데 똑같은 상황이라도 남편이 얼마나 집안일을 중요하게 생각하고 참여하는지 정도에 따라서 동료의 표정은 달랐다. 심한 경우, 이때 너무 피곤하고 서운해 스킨십 거부 사태에 이르기도 하는데 대부분의 남편이 아내가 자신이 싫어졌다는 오해를 불러일으키기도 한다. 반면 남편과 육아 파트너십이 잘 형성돼 있는 동료는 늘 그 와중에도 여유가 있어 보였다.

다행히도 내가 근무하고 있는 회사는 육아를 병행하는데 나름 다른 기업에 비해 유연근무나 제도적지원이 있어 워킹맘이 회사를 퇴직하는 사례는 드물다. 하지만 나보다 직장여건이 좋지 않은 워킹맘이라면 훨씬 많은 것을 감당해야 했을 것이다.

세계적 팬데믹을 맞아 어린이집에 갈 수 없던 시기, 아이들은 외갓집에서 조부모님의 환대를 받으며 지낼 수 있었다. 예상치 못한 코로나 방학을 맞이한 아이들의 하루 세끼, 밥을 차리고 먹이는 데 힘이 빠진 할머니는 휴식이 필요할 정도로 노동을 요했다. 규칙적인 식사 외에도 간식을 챙겨 먹으니 살이 붙고 자유롭게 뛰어 놀며 참 행복한 시간을 보냈다. 친정 부모님께 한없이 감사한 마음이 들면서도 한편 부모와 조부모의 미디어 허용조건이 달라 아이들이 미디어 기기에 중독되지 않을까라는 걱정도 됐다. 하지만 중요한 건 조부모님과 부모의 차이를 인정해 아이를 직접 돌보지 못하는 상황인 것을 받아들여 학습이나 독서습관 등에 너무 욕심을 부리지 말아야 한다는 걸 깨달았다. 부모님이 살아온 세대가 다르고 특히 자녀가 아닌 손자들을 대하는 태도의 차이를 이해해야 했다.

아이들 육아가 힘들 때마다 나는 스스로에게 질문했다. 아이의 주 양육자는 누구여야 하는가? 내 일이 아닌 동료 워킹맘에게는 아이는 엄마가 돌봐야 한다고 내 의견을 말하곤 했다. 하지만 상황이 여의치 않다면 조부모나 조력자의 도움을 받아야 한다. 각자의 환경에서 일어나는 현실의 문제를 어떻게 해결한 것인가? 아이뿐만 아이라 부모에게 최선의 선택은 무엇인가를 생각하고 생각해 그 환경에서도 최선의 선택을 한다면 나중 그 일을 돌아보더라도 후회가 남지 않을 거 같다.

이제 엄마가 주 양육자여야 한다던 내 의견은 누구든 아이를 존중하고 최대한 배려하며 돌봐 줄 수 있다면 기꺼이 조력자의 도움을 받을 수도 있다는 생각으로 바뀌었다. 온 마을이 아이를 키우던 시대처럼 엄마가 반드시 주 양육자가 아닌 시대가 온다면 우리는 딩크과 듀크사이를 더 이상 고민하지 않게 될 것이다. 출산장려나 이민 장려 정책을 펼치기 전, 더 이상 아이출산을 망설이지 않는 제도적 여건을 정부차원에서 한껏 지워해야 한다. 인간으로 태어나 가장 큰 축복인 아이의 출산과 성장을 경험하는 데 더 이상 망설이지 않도록, 오늘도 나는 막 결혼하려는 동료에게 말을 건넨다. “있지, 아이가 주는 기쁨이 얼마나 큰 줄 알아?, 꼭 아이를 낳아봐.”라고 말이다.

육아용품 소비시대!
그러나 꼭 필요한 건?

결혼 전의 나는, 하고 싶은 것을 다 하고도 저축을 할 수 있으므로 나름 부자라고 생각했다. 그러나 결혼을 하며 '당장 살 집'이 필요했고 주택을 매입하려면 구매 자금이 많이 부족하다는 걸 깨달았다. 결혼을 하는 과정에서도 알뜰한 남편의 확신에 찬 주장으로 무척 절약을 했다. 나도 검소한 편인지라 절약하는 건 좋았으나 그 당시 내 마음에 남은 아쉬움은 웨딩사진에 한복을 입고 찍은 사진이 없다는 거였다. 결혼 10년이 지난 지금은 한복을 입고 찍은 사진이 있으나 없으나 결혼생활엔 아무런 차이가 없다. 단지 결혼하는 그 순간의 남들이 다하는 형식을 갖추며 기분을 내는 게 다였고,

남편 말처럼 한 푼이라도 아껴서 집 사는 데 보태는 것이 나은 거였다. 그때는 남편의 말에 저항이 있었는데 그 남편의 생각에 동의하기까지 10년이라는 시간이 지났다. 그렇게 검소한 생활로 대출도 갚고 어느덧 우리는 아이 둘의 부모가 됐다.

알뜰하고 알뜰했던 신혼부부

앞서 말했듯 나는 결혼 전 하고 싶은 걸 다하는 사람이었다면 남편은 결혼 전부터 알뜰했고 결혼 후 더 알뜰해졌다. 남편의 지출항목 중 제일 큰 비용은 식료품비 정도였다. 남편은 집을 수리해야 할 일이 있으면 직접하고, 자기가 못하는 건 잘 할 수 있는 회사동료에게 밥 한 끼를 사면서 부탁해서 해결했다. 그뿐만 아니라 형님댁에서 우리 아이들이 쓸 장난감, 매트, 육아용품을 물려받고 자린고비식의 생활을 몸소 실천했다. 나 또한 아이들 양육을 위해 육아휴직을 하게 되면서 돈을 버는 사람에서 남편에게 돈을 받아 쓰는 사람이 되니 더 검소해져야겠다는 생각이 들었다. 그런 상황에서 일시적일 뿐인데도 이상하게 내 자존감이 자꾸 바닥을 치며 돈이 없어서 힘들었다.

그럼에도 남편은 외벌이로 주택매입자금의 대출금을 갚으며 가정경제를 책임졌다. 그런 남편을 보면서 나 역시 화장품이나 미용

실에 가는 횟수, 의류구입비 등 자신에게 쓰는 지출을 최대한으로 줄였다. 그렇게 사는 우리 부부를 보며 양가 어른들은 옷도 사 입고 돈을 좀 쓰라고 말씀 하셨지만 어느덧 그런 생활에 적응되니 그다지 불편하지는 않았다. 하지만 내가 참을 수 없었던 건 우리 아이들을 위한 소비였다. 일종의 보상심리였는지 모르겠지만 부부를 위한 소비는 절약을 하더라도 아이들에게는 좋은 책과 장난감 등의 육아용품을 사주고 싶었던 거다.

국민전집은 있어야 해!

최소한의 필수 육아용품만을 주장하는 남편과 아이들에게 물질적으로 풍요롭게 해주고 싶은 내 욕구는 늘 충돌했다. 아이들에게 필요한 육아용품은 왜 그렇게 많은지, 그중 보행기, 카시트, 유모차가 남편이 생각하는 꼭 필요한 거였고 나는 아이들에게 만큼은 책, 국민전집을 사주고 싶었다. 돌 지난 아이가 책을 얼마나 보겠느냐고 할 수도 있지만 아이들이 책을 읽으며 잘 자라기를 바라는 내 마음의 표현이었다. 또 장난감 도서관에서 많은 육아용품을 대여하고도 대여가 불가능한 국민전집을 결국 비상금으로 결재하고 말았다. 왠지 아이들에게 읽힐 책만으로도 무척 뿌듯하고 부자가 된 듯 했다.

하지만 책을 보며 부자라고 느끼는 시간은 짧았으며 아이에게 특별한 것을 해줘야 한다는 텔레비전 속의 광고에서 여전히 자유로울 수 없었다. 대한민국 대다수의 아이들이 가진 것을 내 아이만 없다는 걸 강조한 마케팅 상술을 뻔히 알면서도 나는 아이들에게만은 지갑을 닫을 수가 없었던 거다. 그 당시에는 내가 아이들에게 해주고 싶었던 것에 동의해주지 않는 남편이 답답하고 미웠는데 지금 돌아보니 사실 없어도 되는 물건들도 많았다.

지혜로운 소비

내게는 비슷한 시기에 결혼을 한 두 명의 여동생이 있는데 현재 신혼을 즐기고 있는 동생들도 언젠가는 아이를 낳을 것이다. 아이가 태어나면 아이를 중심으로 살아갈 것이 분명한 동생들에게 나는 미디어에 현혹되지 말고 후회가 되지 않도록 지혜롭게, 또 하고 싶은 걸 마음껏 해보라고 조언한다. 어차피 돈을 쓰든 안 쓰든 자기가 한 결정에 후회를 할 것이니 최대한 만족할 만한 소비를 권한다. 단지 남과 같은 것을 해주지 못한다고 비교만 하지 않는다면, 우리가 소비를 하는 태도가 좀 더 명확해지고 목적이 있는 저축도 얼마든지 가능하다.

그리고 한때 자린고비 같은 남편과 소비의 제약을 별로 받지 않던 내가 부부생활을 하면서 서로를 이해하게 됐다. 또 아이들에게 사랑은 넘치게, 물질적으로는 좀 부족하게 키우라는 말을 남편과 실천하기 위해 노력하고 있다. 결혼 10년이 지난 지금은 남편도 나도 급여소득이 늘었고 정말 중요하고 필요한 것에만 소비하는 지혜가 생겼지만 경제적 여유가 있어도 이제는 시간이 부족해 못하는 게 많다는 걸, 요즘에 다시 깨닫는다. 그래서 이제는 저축도 하지만 지금 꼭 해야 할, 남편과 아이들과 좋은 기억을 남기는 일도 놓치지 않으려 소비를 하고 있다. 왜냐하면 시간이야말로 저축해 둘 수가 없다는 걸 잘 알게 됐기에 말이다.

인기 끌고 싶은 부모, 제 멋대로 부모

두 아이를 출산하고 양육하는 과정 속에 베이비시터와 친정엄마의 도움도 받았지만 아이를 돌보는 일은 부모가 그리고 엄마가 제일 많은 책임으로 담당해야 한다는 숙명으로 받아들였다.

그래서 나는 아이를 어떻게 키울까를 연구하며 많은 정보들과 도서관의 책 속에서 조언을 얻어 내 생활에 적용하고자 노력했다. 하지만 다른 사례가 내 아이에게 적용되지 않았던 순간도 많았다. 예를 들면 생후 3년 동안은 꼭 엄마가 아이의 주 양육자가 되어야 한다기에 나는 내 모든 사회적 경제적 노력을 뒤로 하고 아이만 온전히 바라보며 육아를 했다. 하지만 그러면서도 내가 너무 힘들게 살고 있는 건 아닌지, 혼자 너무 많은 짐을 지고 있는 건 아닌가라는 생각이 들곤 했다.

육아에도 에너지 분배 우선순위가 필요해

그럼에도 아이를 낳기 전부터 가졌던 내 로망을 지키고자 나는 오늘도 고군분투하고 있고 그때도 역시 그랬다. 책 읽어주는 엄마, 책을 좋아하는 아이가 잘 성장할 수 있도록 돕는 게 내 꿈이었다. 그런데 그러느라 나는 늘 엄마로서의 에너지가 부족했다. 생각다 못해 나는 육아에 있어서 제일 중요한 에너지 분배를 우선순위에 맞춰 하기 시작했다. 그 순서는 아래와 같았다.

첫 번째: 나는 퇴근 후 제일 먼저 한 시간 정도 여유를 두고 아이들 밥을 먹였고 나도 저녁을 먹었다. 일하는 엄마지만 아이들 먹는 게 무엇보다 중요해 책보다도 밥이 우선순위에 올랐던 거다.

두 번째: 아이들의 놀이로 어린이집의 단체생활도 아이들에게는 사회생활과 같은 거니 하원 후 아이들에게는 휴식이 필요했고 또 책을 읽히려면 아이들 기분이 좋아야 했다. 놀이터에서 한 시간가량 뛰어놀거나 방안에서 소꿉놀이나 침대가 방방이인 마냥 점프를 마음껏 하게 했다. 이때 아이들은 나도 참여해 술래가 되거나 옆에 앉아 있으라며 자리를 지정해줬고 그렇게 신나게 마음껏 논 아

이들은 책을 읽는데 좋은 컨디션이 됐다.

세 번째: 초등학교 입학을 앞둔 시기에 나는 큰아이에게 일정 시간 일관되게 한글공부를 시작했다. 입학기가 다가오며 아이들의 학습에 대해 나 역시 다른 엄마처럼 많은 고민이 됐고, 아무리 바빠도 아무것도 하지 않는 것 보다는 한글을 떼어 주길 선택했던 거다. 하지만 공부는 같이 하되 아이에게 한 번에 다 알기를 바라지 말고 했다는 거에 만족하려고 가르쳤다. 큰아이가 엄마와 둘이 하는 한글공부 시간에 작은아이가 내 무릎에 앉아서 애교를 부리며 큰아이의 한글공부를 방해했다. 처음엔 제지하기도 했지만 결국엔 작은아이도 함께하는 한글공부 시간이 됐다. 지금 생각해 보면 형제가 자연스럽게 학습활동을 같이 하는 시간이 된 듯하다. 이렇게 퇴근 후 내 시간을 몽땅 아이들에게 주어야 해서 몹시 피곤했지만 그것도 어느덧 익숙해져서 나도 적응이 됐다. 그러면서 남편도 이런 나와 아이들의 리듬에 동참해주기를 바라는 마음이 은근슬쩍 커졌다.

사회에서의 성취를 중요하게 생각했던 남편은 이 시기에 직장에서 많은 시간을 보냈다. 친정엄마 역시 남자는 돈만 벌어 오면 된다고 했고, 혼자 아이를 키우기가 힘들면 돈을 쓰고 사람을 써서 살림을 하며 육아를 하면 된다는 해답을 주셨다. 하지만 나는 아이들의 가장 예쁜 때, 부모를 가장 많이 찾고 좋아하는 그 시기에 남편과 그 모습을 많이 담아낼 수 있는 육아를 하고 싶었다. 남편도 그 시간의 중요성에 공감해 주길 바란 거다. 하지만 나 혼자만의 희망사항 일뿐 내가 직접적으로 남편에게 요청을 하기도 쉽지 않아 현실적으로 불가능했고, 남편 역시 경제활동을 하느라 그런 마음을 알아 차려주지 못했다.

참다 폭발하는 엄마, 무심한 아빠

나는 어려서 텔레비전을 참 좋아해 동생들과 안방에서 만화를 보며 놀았다. 하지만 내 아이는 텔레비전이 아닌 책과 친한 아이들을 만들고 싶었다. 그래서 내 모든 에너지를 책읽어주기에 집중하고 나머지 사항은 웬만하면 다 수용해주려고 노력했던 거다. 그런데 수용과정에서 참고 참다 보면 내 화가 활화산처럼 폭발하여 아이들에게 화풀이로 돌아갈 때가 있었다. 그럼에도 텔레비전을 보지 않고 아이들과 집안에서 술래잡기를 하거나 놀이터, 또는 책을 읽어주는 사이에 엄마는 같이 놀아주는 친구 같은 사람이 됐고, 남편은 옆에서 핸드폰을 하고 같이 텔레비전을 보는 사람이 되어 있었다. 아이들에게 친구 같은 엄마가 되려던 나는 매사에 잘해주려고 노력하다가도 크게 화를 내게 돼서 아이들에게 상처를 주곤 했던 거다. 반면 남편은 아이들에게 가끔 잘해주는 듯 했지만 화는 내지 않았던 거다. 아이들은 마음속으로 누구를 더 좋아할까, 그리고 어떤 게 더 교육적으로 효율이 있을까? 나는 과연 내가 잘하고 있는 것인지에 대해 의문이 생겼다.

아이들은 아빠에게 하지 못하는 요구사항을 엄마에게 한다. 내가 아이들의 요구사항을 10가지 중 7가지를 들어준다면, 남편은 3가지 정도를 들어 주었다. 주말이 되면 아이들은 놀이터에서 뛰고 싶고, 블록방에 가서 레고 조립도 하고 싶고, 요구르트 아줌마가 파는 요구르트도 먹고 싶고, 분식점에서 밥을 먹고 싶어 했다. 이렇게 아이들이 해 달라는 것을 다 해주려고 하면 피곤하고 화가 쌓이는 악순환이 계속된 거다. 남편은 아이들과 있어도 스마트폰으로 게임을 하며 휴식을 충분히 취하는 것처럼 보였다. 아이들 역시 그런 아빠보다 엄마가 스마트폰이라도 볼라치면 쫓아와서 뺏고 자기가 하려고 해 결국에는 휴식을 포기하고 아이들과 시간을 보낼 수밖에 없었다. 남편이 아이들과 놀아줬으면 얼마나 좋을까 라는 생각이 굴뚝 같지만 그때는 그게 참으로 요원해 보였다.

너른 풀밭 같은 부모

지금 생각해 보면 나는 아이들에게 인기 있는 엄마가 되고 싶었던 건 아닌지, 그래서 내가 아이들과 친구같이 좋은 사이를 유지하고 더 인기를 얻고 싶어서 아이들의 요구사항에 호응을 해주다가 지쳐서 화를 냈던 건 아니었는지 생각해 보게 된다.

어쩌면 남편도 적당히가 아닌 피곤한 몸을 이끌고 그 사람의 기준으로는 최선을 다해서 잠깐이라도 놀아준 게 아니었던가 싶다. 어쨌든 부모로서 차선육아를 선택하는 사람은 없을 것이다. 누구나 자기 기준에서 다양한 방식으로 최선을 다하고 있을 뿐.

그리고 나는 아이들에게 인기 있는 부모가 아닌 너른 풀밭, 편안하고 안전한 언제든 찾아오면 반겨주며 조건 없는 사랑으로 포용해주는 부모가 되어야겠다.

아이가 일학년이면 엄마도 일학년

친정엄마에게 한동안 내가 물어보던 말은 "엄마, 나도 어릴 때 그랬어?"라는 말이었다. 떼쟁이에 고집이 심한 남자아이들이 아무리 노력해도 이해가 안 돼 역으로 그 질문을 엄마에게 한 거였다. 그때 옆에서 듣고 있던 아빠가 "너는 참해서, 이렇진 않았지."

부모님 말씀대로라면 나는 어른들 말씀을 잘 듣는 딸이었나 보다. 그런데 자기주장이 강하고 말 안 듣는 우리 아이들은 왜 그런가? 속이 상했던 거다.

밥을 떠 먹여 주다니!

신혼시절 명절에 시댁의 온 가족이 모여서 밥을 먹던 기억이 났다. 남편은 3남매 중 막내인데 위로 형과 누나가 있었고 각각 슬하에 아들, 딸 두 명의 자녀를 두었다. 그런데 유치원을 다니는 비슷한 또래의 올망졸망한 아이들의 밥 먹는 모습이 달랐다. 한 집의 아이들은 밥상 앞에 앉아 혼자서 밥을 먹는데, 다른 집의 아이는 숟가락을 들고 쫓아다녀야만 밥을 먹는 것이었다. 나는 그때, 절대 숟가락을 넣어주며 아이를 키우지는 말아야지라는 다짐을 했었다. 그러다 어느덧 그 나이 때의 형제를 키우며 한 시간 가량을 아이들과 실랑이를 하며 아이들에게 한 숟가락이라도 더 먹이려는 엄마가 됐다. 머릿속으로는 혼자 밥 먹는 아이로 키우겠다고 아이가 태어나기 전부터 다짐했는데 쉽지 않았던 거다.

그런 손자들을 보며 친정엄마가 말씀하셨다. "예전에는 아이들이 저절로 컸는데 요즘에는 아이들이 저절로 크지를 않는다." 엄마가 자식을 키울 때는 밥만 차려주면 알아서 먹었는데 손자들은 밥을 차려주면 알아서 먹지도 않고 간혹 배가 고프면 떠먹지만 누군가가 먹여주어야만 밥을 먹는 걸 자주 목격하시고 하신 이야기다.

그래서 어린이집 선생님께 상담을 하니 대부분의 아이들이 어린이집에서는 혼자 밥을 먹는다고 했다. 하지만 집에 가면 누군가가 밥을 먹여주는 걸 안다는 거였다. 그 이야기를 듣고 나는 아이들에게 부모의 과잉보호가 그 원인이라는 생각이 들었다.

귀하다고 대접해주니 떼만 늘어!

그렇다면 우리 부모들은 왜 아이들에게 과잉보호를 하게 된 걸까? 생각해보니 요즘에는 아이들이 참 귀했다. 나만 아이를 둘이나 낳았지, 내 여동생들은 아직 아이가 없다. 그런 여러 이유로 우리 부모님께 손자는 우리 집 형제 두 명이다.

어쨌든 귀해진 아이들에게 부모들이 온갖 정성을 들이고 많은 것을 대신 해주고 있으니 아이의 권리도 점점 커져 주장이 매우 강해지는 거다. 생각해 보면 내가 그렇게 아이를 키운 원인 제공자면서 '왜 부모의 말을 듣지 않는지' 친정엄마에게 하소연을 하고 있었던 거다. 귀하게 크는 요즘 세대의 아이들이 나와 같을 수는 없다는 걸 인정은 하지만 부모인 내가 먼저 아이로부터 독립하는 게 시급하다는 걸 친정 부모님과의 대화로 알게 됐다.

부모의 독립성이 더 시급해!

그럼에도 어느덧 큰아이가 초등학교에 입학할 무렵, 나는 아이의 학교생활이 아이보다 더 불안했다. 아이에게 멋진 초등학생이 될 거라고 격려하며 이젠 화장실에서도 혼자 뒤처리를 해야 한다고 설명했지만 아이는 뒤처리를 어떻게 혼자 하느냐며 받아들이기 어려워했다. 또 초등학교 대문까지 데려다주어야 학교에 가겠다고 했다. 아이에게 대문이 아니라 교문이라고 설명하던 나는 내가 유치원 다니던 때가 떠올랐다. 시골에서 자란 나는 아이보다 더 어린 나이에 언니 오빠들과 동네 앞산을 넘어 걸어서 유치원에 갔고, 시내로 이사한 후로는 혼자 차비 50원을 내며 버스를 타고 유치원을 다녔다. 그런데 요즘은 7살 어린이를 혼자 시내버스에 태워 유치원을 보낸다는 게 말이 안 되는 시절이 됐다. 등원은 물론 하원 시간에 지정된 보호자가 아니면 하원을 할 수가 없는 상황이다. 아이의 독립성보다는 안전이 훨씬 중요해진 시대가 된 거다.

이렇게 환경적인 조건은 받아들이고 귀한 것과 방치를 구분하는 부모로서의 독립성도 확립되어야 아이를 제대로 양육할 수 있는 '부모노릇'이 아주 어려워진 시대. 그래도 나는 아이들과 그 불안을 극복하려는 노력을 하기 시작했고 아이의 초등학교 입학이 그 계기가 됐다. 아이가 초등 일학년이면 엄마도 일학년이라는 우스개가 있을 정도로 낯설고 준비할 것이 많은 시기. 그때를 늘 함께 있어주지 못하는 워킹맘의 한계가 어쩌면 아이의 독립성도 더 키워줄 수 있을 거라는 위안을 삼아보며 말이다.

요알못 엄마를 가르치는 아이

유치원 작은아이와 초등학생 큰아이가 현장학습을 간다는 가정통신문이 왔다. 아이는 얼마 전까지만 해도 가정통신문을 가방에서 꺼내 내게 전해주었는데 이제는 핸드폰에 알림 문자처럼 전송됐다. 나는 알림 내용을 꼼꼼하게 읽으며 도시락은 개별지참하고 차를 타고 이동하니 지각하면 안 된다는 주의사항에 '도시락을 어떻게 싸야하나?'라는 고민이 시작됐다.

도시락을 싸본 경험이 없던 나는 보온도시락에 흰밥과 좋아하는 반찬을 싸면 될 거라고 생각하며 아이에게 먹고 싶은 반찬이 무엇이냐고 물었다. 그러자 작은아이는 유치원에서 밥을 주면 현장학습을 가고 엄마가 싸주는 도시락을 가지고 참석하지 않겠다는 게 아닌가? 예상치 못한 말에 '엄마가 해주는 음식이 맛이 없지?'라며 수긍을 하면서, 도시락 지참과 관계없이 참석해야 하는 거라고 아이를 달랬다. 평상시에도 아이들이 반찬 투정을 할 때 건강한 음식을 규칙적으로 먹는 게 중요하다고 설득했지만, 어쩌겠는가. 음식 솜씨가 없는 걸!

김밥을 어떻게 싸지?

아이와의 실랑이를 하며 생각해보니 봄, 가을 유년의 내 소풍이 떠올랐다. 그 시절, 엄마는 내가 걸어서 소풍을 갈 때마다 김밥을 싸주셨는데 지금, 아이가 버스를 타고 가는 현장학습이 바로 소풍이었다.

도시락을 잘 싸주고 싶었던 나는 '김밥을 어떻게 싸지?'라는 고민이 생겼다. 그러던 차에 선생님께 전화가 왔는데 다른 친구들은 어떤 도시락을 가져오는지 엄마가 선생님께 조언을 구해야겠다는 아이의 말을 전해 들었던 거다. 김밥을 싸오면 된다는 선생님의 말에 혹시 또 김밥을 싸야 할 일이 있는지 물으니 마지막 현장학습이라고해 내심, 나는 다행이다 싶었다.

도시락 통과 재료를 준비해 새벽에 일어나 김밥을 싸야한다고 말하자 남편은 '김밥을 사서 보내면 되지'라는 거였다. 그러면 편하긴 한데 정성이 부족한 거 같아 아쉬웠던 나는 다른 엄마들은 어떤 도시락을 준비하는지 물었다. 김밥이나 유부초밥 등 아이의 취향에 따라서 만들거나 김밥을 사서 보낸다는 사람도 있었고, 아침에 문 여는 김밥집도 알려주었다.

도시락 싸기, 바쁘다 바빠!

아이가 현장학습 가는 날, 나는 새벽같이 눈을 떴다. 김밥 만들기용 세트를 구입해 와서 김밥을 말기만 하면 됐건만 이마저도 쉽지 않았다. 그래도 어찌어찌 간신히 말아서 도시락통에 담다가 옆구리가 다 터져버렸다. 어찌나 속이 상하던지, 그걸 아이가 젓가락으로 먹는 모습을 상상해보니, 도저히 그냥 보낼 수가 없었다. 문을 연 분식집을 찾아 야채가 빠진 김밥을 주문해 아이는 도시락을 어쨌든 지참할 수 있었다.

그리고 나는 다음번 큰아이의 도시락을 어떻게 쌀지 자신이 생겼다. 내가 만든 김밥은 남편과 먹고 그날 오후에 택배로 대나무 김발이 도착했다. 김밥을 돌돌 말 때 대나무 장인이 만든 김발을 사용하는 내 모습을 상상하며 주문했지만 내가 쓸 일이 없을 거 같아 택배포장을 뜯지도 않았다. 그러면서 그걸 누구에게 선물하면 좋을지 고민하다 나도 못 쓰는 김발을 사용할 사람이 있을까 싶었다.

현장학습을 마치고 귀가한 아이의 도시락에 김밥이 삼분의 이 이상이 남아있었다. 엄마가 얼마나 노력해서 준비한 도시락인지 모르는 아이는 맛이 없다는 거다. 입이 짧은 아이는 할머니가 하얀 밥에 김만 말아주는 김밥이 더 맛있다고 해서 주말에 할머니 집에서 점심으로 김밥을 먹는 큰아이에게도 물어봤다. 어떤 도시락이 좋으냐고 하니, 밥에 김만 싸면 된다고 했다. 밥에 참기름만 살짝 넣어서 간단하게 싸는 친정 엄마의 레시피를 나는 새삼 인정했다. 역시 분식집 김밥보다 할머니의 정성이 담긴 김밥이 훨씬 맛있었나 보다.

요리를 잘하는 건 권력

엄마가 싸주는 도시락을 먹으며 반찬투정을 하던 내가 막상, 아이의 도시락을 준비하는 입장이 되어보니 도시락 싸기는 참 쉽지 않은 난제였다. 서툴러도 누가 대신해주지 않아 엄마의 노력이라고 생색을 내봐도 돌아온 건 맛이 없다는 아이의 솔직한 대답! 그래도 내 엄마는 일 년 내내 도시락을 싸야 했지만 지금은 학교에서 급식을 먹을 수 있어 다행이라는 생각이 든다. 그러면서도 아이들에게 맛있는 요리를 하는 엄마의 기억을 남겨 주고 싶다는 생각에 요리 도전을 다시 생각해 보게 된다. 요리가 뭐 그렇게 어려운 일인가라고. 그 힘들었던 난산도, 취업도 당당히 해냈던 나 아닌가. 다음부터는 무엇을 먹고 싶은지 물어보고 요리놀이를 해 봐야겠다. 한 번에 하나씩 한 열 번 하다 보면 누구라도 잘 할 수 있는 게 요리라고 하니 그까이 거다. 요리를 잘하는 건 권력이라니. 한 번 잘해서 누려보고 싶다. 암튼 아이들은 오늘도 나를 자꾸 배우게 한다.

보여주는 부모, 닮는 아이

큰아이에게 핸드폰을 사주게 됐다. 아이가 3학년이 되면 엄마 없이 스스로 곧잘 다닐 수 있다는 직장동료의 말을 듣고 그 시기를 기다렸는데 어느덧 큰아이에게도 그 시기가 찾아온 거다. 아이는 학교 돌봄교실을 그렇게 좋아하지는 않아 놀이터에서 친구들과 놀고 싶어 했다. 집에 혼자 있는 것도 더 이상 무서워하지 않았다. 그런데 아이와 당장 연락할 방법을 찾다가 결국 아이가 그렇게 좋아하는 핸드폰을 본의 아니게 사주게 됐다. 그러면서 학원수업이 끝나고 집으로 돌아오는 길에 내게 전화를 해 엄마와 동생의 간식, 딸기사탕과 카라멜을 사오곤 했다. 그러더니 말하지 않아도 딸기사탕을 사온다. 그래서 집으로 돌아갈 즈음의 아이를 떠올리면 내 입 안에는 어느새 달콤함이 감돌곤 했다. 동생과 엄마의 간식을 사오는 큰아이라니! 그런 아이들의 작은, 누군가를 배려하는 광경을 상상만 해도 어른인 힘이 된다는 걸 나는 그때 새삼 알게 됐다. 어떻게 부모라고 무한한 사랑을 아이들에게 줄 수만 있단 말인가.

"네가 사오는 간식이 엄마에게 힘을 주네.", "그럼 엄마, 내가 매일매일 간식을 사다 줄게 엄마 힘내세요." 아이가 그렇게 말을 하는 듯해 참으로 기분 좋은 기억이 됐다.

아이는 여전히 가끔은 동생과 그야말로 형제의 난을 일으켜 나를 속 터지게 한다. 그럼에도 아이가 선물하는 달콤함은 계속되고 있다.

사이도 좋고 와이파이도 맞으니 어려운 일, 돕고 삽시다

어느 날, 남편이 내게 처음 건네준 편지를 우연히 다시 읽었다. 예비신랑 이었던 남편에게 나는 결혼식을 앞두고 편지를 받고 싶었다. 우리가 앞으로 어떻게 서로를 아끼며 살고 싶은지를 글로 받고 싶었던 건데 남편은 좀 부담스러워했지만 조르고 졸라 결국 내게 편지를 썼다. 나는 그 편지를 처음에 만났던 설렘을 기억하기 위해 가끔 꺼내 읽는다. 그러면서 나는 이 편지를 주고받는 과정의 감사와 설렘 등의 감정을 아이가 느낄 수 있으면 좋겠다는 생각을 하게 됐다.

그래서 내가 먼저 아이에게 편지를 썼다. 문구점에서 아이가 좋아할 만한 예쁜 편지지, 봉투와 스티커까지 준비했다. 그렇지만 쓰다 보니 책에서 본 좋은 구절, 아이가 어떻게 자랐으면 하는 바람 등 엄마의 욕심이 잔뜩 담긴 내용이었다. 그럼에도 편지를 받은 아이의 반응은 의외로 좋았고 화답까지 했다. 요리 솜씨 없는 엄마의 음식이 최고로 맛있다는 칭찬과 사랑한다는 말 등이 담긴 가슴이 뭉클해지는 감동스러운 편지였다. 그중 편지 구절 중 기억에 남는 건 "우리 사이도 좋고 와이파이도 맞으니까 어려운 일이 있으면 서로 돕고 삽시다."라는 아이다운 참신한 문장이었다.

그런 형의 모습을 본 작은아이도 엄마에게 편지를 쓰고 싶다며 편지지와 봉투가 필요하다는 게 아닌가. 작은아이의 편지도 그렇게 내게 도착했고 나는 아이들의 편지를 사무실 한 켠에 두고 가끔 읽으며 힘을 받곤 했다.

아빠도 받았다. 그 편지!

어느 날, 거실 벽에 무언가가 부착돼 있었는데 자세히 보니 큰아이가 아빠에게 편지를 쓴 거였다. 내게 편지를 쓰다 아빠 생각도 났는지 매일 씻겨주고 공부를 가르쳐 주는 아빠에게 감사하다, 우리 가족이 행복하게 살자는 내용이었다. 예상하지 못한 아이의 편지를 받은 남편도 감동을 받았는지 거실, 제일 잘 보이는 곳에 붙여 놓은 거였다. 이후 무뚝뚝한 남편도 아이들에게 편지와 사랑이 담긴 문자를 종종 받으며 이모티콘 가득한 문자로 답장을 해 주곤 했다.

일기 속의 보물이란?

아이는 엄마가 보낸 편지를 잘 모아 놓았는데 내가 잘 쓰는 표현 중 '너는 엄마의 보물'이라는 말이 있다. 보물처럼 소중하기도, 보물처럼 잘 키우고 싶어 쓴 말이었는데 어느 날인가 큰아이 일기 중 '엄마도 나를 보물처럼 여기지만 나도 그렇게 여긴다'라는 문장에 선생님이 하트 표시를 해주신게 눈에 띄었다. 내가 먼저 사랑을 표현하니 아이도 보고 사랑을 표현하는 법을 배운다는 걸 정말 여실히 깨달은 날이었다. 그날 나는, 내게 온 이 보물 같은 아이를 잘 성장시킬 수 있는 부모의 역할을 다시금 다짐하게 됐다.

내 아이뿐 아니라 이 세상의 모든 아이는 보물이라는 소중함을 깨닫고 동생에게 전화를 걸었다. 얼마 전에 청약에 당첨돼 집들이를 한 동생은 대출금 상환 때문에 아이를 낳을 여유가 전혀 없어 보였다. 나는 성실히만 살면 대출금은 줄어들지만 아이는 시기를 놓치면 영영 결정하기가 쉽지 않으니 미루지 말고 소망을 가져보라 했다. 보물 같은 아이를 키우며 내가 느꼈던 이 달콤쌉쌀함! 내 동생도 꼭 느끼게 해 주고 싶었다. 동생이 진심어린 내 조언을 잘 받아들여 보물 같은 조카를 만날 수 있길 나도 소망해 본다.

엄마가 정말 좋다는 큰아이는 장가가서 엄마 옆집에서 살고 싶다고 지금부터 말한다. 하지만 나는 아이를 잘 독립시키고 싶다. 옆집에 살면서 자녀를 도와주는 부모도 좋지만 자주 보지는 못해도 다정하게 해로하는 부모의 모습을 배워 화목한 가정이 대를 잇도록 도와주는 부모가 되고 싶은 거다. 그러려면 남편과 맥주 한 잔 하며 '오늘은 어땠어'로 시작되는 대화를 오늘, 또 오늘도 지속되는 시도를 하는 게 그 지름길이라 생각하며 말이다.

산타는 왜 일 년에 세 번밖에 안와?

우리 집 크리스마스이브의 늦은 밤, 산타의 선물을 기다리는 큰아이가 언제 산타가 오냐고 수차례 같은 질문을 반복했고 나는 그때마다 기다리지 말고 잠이 들어 산타를 볼 수 없어야 산타가 오셔서 선물을 놓고 간다는 대답을 했다. 그렇게 대답에 지쳐 내가 대꾸를 하지 못할 때쯤 우리의 대화는 끝이 났다.

남편은 초등학생이 된 아이에게 어느 날, 베란다 창문에 받고 싶은 선물을 적은 편지를 부착해 두면 산타할아버지가 선물을 주러 온다고 말했다. 그 말을 듣자마자 아이들은 신이 나서 편지를 썼고, 아빠의 말대로 원하는 선물을 받은 아이는 이제는 크리스마스가

오기 전, 스스로 편지를 쓴다. 그뿐만 아니라 글씨를 쓸 줄 모르는 동생의 편지까지 써서 나란히 붙여두곤 했다.

선물을 받기 위해 아이들이 오매불망 두 달을 기다린 지난해 선물은 텔레비전 만화에 등장하는 로봇과 레고블럭 이었다.

엄마! 엄마! 산타가 정말 선물을 줬어!

드디어 크리스마스 아침, 아이는 깨우지 않았는데도 평상시보다 1시간 일찍 일어나 베란다 창 아래에 놓여있는 선물을 확인하고 내게로 달려왔다. "엄마! 산타가 정말 선물을 줬어!"라며 기뻐했다. 형의 말에 작은아이도 달려가 기쁜 표정으로 선물포장을 풀며 놀려고 했다. 그런데 그 모습을 본 남편이 아이들이 너무 일찍 일어나면 하루가 힘들다고 아이들을 다시 침대에 거의 강제로 눕히는 게 아닌가?

당장이라도 선물을 보고 싶은 마음이 간절했던 아이들은 아빠 말을 거역할 수 없어 침대 발밑에 선물을 놓고는 울상을 지었다. 그 모습을 보고 있노라니 빨리 놀고 싶은데 그러지 못하는 찡그린 아이의 얼굴이 귀여워서 나는 사진이라도 찍고 싶은 마음이 됐다.

'날이 밝으면 그때 놀아도 늦지 않다'는 아빠의 말에 아이들은 내게, 도대체 언제 아침이 되냐고 보챘다. 옆에서 그 상황을 지켜보던 남편도 그제야 아이들을 이길 수 없다는 걸 알았는지 그만 일어나도 괜찮다고 했다. 세상 억울하고 슬퍼 보이던 아이들은 언제 그런 표정을 지었는지, 기억도 안 난다는 듯이 기대에 찬 얼굴로 선물 상자를 개봉했다. 그때 아이들의 표정은 얼마나 들뜨고 행복해 보였는지, 그 모습을 보며 나는 저런 얼굴을 계속 볼 수만 있다면, 아이들이 대학교에 갈 때까지라도 빨리 잠들어야 산타가 온다는 거짓말을 믿게 해주며, 원하는 선물이 담긴 편지를 받고 싶어졌다.

그렇게 선물 받은 것을 즐거워하던 아이들은 잠자리에서 이제 다음 선물을 받을 수 있는 어린이날은 얼마나 더 기다려야 하는지를 물었다. 아이쿠나! 선물 받은 지 몇 시간이나 됐다고. 아이의 천진난만함에 또 한 번 심쿵 미소가 지어졌다.

사탕 6개가 생일 선물이라고?

우리 아이들이 선물을 받는 날은 어린이날, 생일, 크리스마스 등 1년에 세 번이다. 그리고 그 세 번이 돌아올 때마다 아이들에게 받고 싶은 선물을 적은 편지를 받아 준비를 했다. 그렇게 선물을 받던 아이가 어느 날, 내게 전화로 갑자기 "지난번에 내가 준 사탕 6개가 엄마 생일 선물이야. 그러니까 난 선물 준거다."라고 말했다.

뜬금없는 말이었지만 다가오는 엄마 생일에 뭘 줘야 할까 아이가 고민한 듯해 흐뭇했다. 나는 그걸로는 부족하니 생일 축하 편지를 꼭 달라고 요청했고, 작은아이에게도 지난번에 학교에서 만든 팔찌를 생일 선물로 생각할 테니 꼭 편지를 써 주어야 한다고 같은 요청을 했다. 그리고 내 바람대로 책상 앞에는 아이들이 고사리 같은 손으로 꾹꾹 눌러 쓴 삐뚤빼뚤 편지 두통이 놓여있었다. 늘 돌봄이 필요했던 아이들에게 생애 처음으로 편지를 받아 읽는 시간, 최고의 생일이었다. 비록 아이들이 좋아하는 초코케이크에 자장면을 메뉴로 삼은 식사였지만 말이다.

그 후에도 아이들은 학교에서 수시로 무언가를 만들어와 내게 선물이라며 주곤 했다. 그래서 내 가방에는 비즈나 디폼블록으로 만든 캐릭터 장식품이 달려있다. 또 뽑기에서 뽑아온 반지와 목걸이, 조부모에게 받은 용돈까지도, 내게 계속 무언가를 주려는 아이들의 모습에 나는 때때로 힘을 받았다. 그리고 나아가 이 길었던 육아의 터널에서 가끔 무지개를 보는 느낌이 들기도 했다.

그런 느낌이 얼마나 좋은지 내게는 이제 아이들에게 선물을 받는 요령도 생겼다. 내가 먼저 선물을 달라고 아이들에게 말을 하는 거다. 이를테면 뭘 갖고 싶으냐고 물을 때마다 '엄마는 반지가 있으면 좋겠어'라거나 등의 말을 해 두는 거다. 그러면 그 말을 기억했다가 반지를 사 오거나, 팔찌를 하나 더 만들어달라는 말을 기억했다 잊을만 하면 들고 오기도 했다. 그러면서 자기가 준 선물은 왜 잘 간직하지 않느냐고, 묻거나 또 목걸이를 하면 좋아했다.

그렇게 원했던 내편

어느 날, 아이가 내게 그동안 받은 선물 중에 제일 좋은 게 뭐냐고 묻는다. '제일 좋은 선물은 우리 보물 아들'이라고 대답하자 '아니, 그거 말고, 내가 준 선물 중에서'라고 다시 묻는다. 아이도 남편처럼 나름대로 원하는 게 진짜 무엇인지 나에 대한 관찰을 하는 듯했다. 그럴 때 나는 아이가 쉽게 줄 수 있고 날마다 줄 수 있는 '먹는 게 제일 좋다'고 대답한다.

내가 아이에게 사랑과 보살핌을 주듯 어느덧 나도 아이에게 사랑과 관심을 받고 있다. 또 아이가 성장할수록 힘이 되어 주는 논의와 대화가 가능한 아이들이 가족이라는 거, 그것만으로도 이미 나는 내 인생에 큰 선물을 받았다. 결혼하면서 그렇게 원했던 내편, 어느새 아이들이 내편이 되어 있었다. 나도 언제까지나 건강한 비판을 줄 수 있는 네 편이 되어 줄게, 아이들 그리고 남편에게도 나는 오늘도 강한 유대감을 느낀다.

Part

3

말만 들어도 말리고 싶었던 형제 육아, 어느덧 지혜로워져

| 형제 육아 |

막무가내 떼쟁이들, 엄마 사표 써!

작은아이가 두 돌이 지나자 두 살 터울의 형에게 자기 몫을 지키려는 의사 표현을 제법 하게 됐다. 그러면서 큰아이와 작은아이의 떼쓰기가 시간과 장소를 가리지 않고 수시로 일어났고 내 스트레스도 커졌다. 떼쓰기는 아이들의 특권이고 나는 얼마든지 수용할 수 있다고 스스로에게 최면을 걸며 되뇌어 보기도 했다. 그렇게 이 순간만 참으면 된다고 마음을 달래면서도 '사랑의 매를 들면 안 되는 걸까'라는 생각이 불쑥 들었다.

떼쓰기 시간이 몇 분 몇 초였어?

어느 날, 하원 후 큰아이가 어린이집에서 만든 장난감을 엄마가 허락도 없이 가지고 놀았다고 생떼를 시작하더니 30여 분 가량 자기 걸 왜 만졌냐고 울면서 안방을 뒹굴었다. 그러다 자기가 낼 수 있는 화를 다 내고 마음이 풀렸는지 언제 그랬느냐는 듯이 노는 게 아닌가? 도저히 그냥 넘어갈 수 없었던 나는 잠자리에 들기 전, 아이와 대화를 시도했다.

"오늘 엄마에게 떼를 얼마동안이나 했는지 아니?"

아이에게 자신이 한 일을 인지시키기 위해 물었던 거다.

"아니, 몰라!"

"여기 좀 만져봐. 네가 떼쓰는 동안 엄마 심장이 작아졌어."

"진짜? 오늘 떼쓰기 많이 한 거 맞지. 이제 다시 안 그럴게 엄마. 그러니까 엄마도 내 장난감을 만지지 말아줘."

"알았어. 하지만 그게 그렇게 오랫동안 떼쓸 일인지도 생각해봐야지."

우린 이렇게 서로의 잘못을 인정했다. 하지만 다음날 아이의 그 장난감은 어디에 있는지도 모르는 관심도 없는 물건이 됐다.

그리고 얼마 지나지 않아 하원 후, 큰아이가 자기가 나중에 먹으려고 남겨 놓은 젤리를 엄마가 다 먹었다고 또 울고불고 난리, 난리였다. 전날 개봉한 젤리가 더 오래되면 버려야 해서 먹은 건데, 맛있어서 아껴 논걸 엄마가 다 먹었다며 하나만 먹었어야지 왜 다 먹었냐는 거였다. 설명을 해도 아이는 쉽게 수긍하지 않고 또 자기가 낼 화를 다 냈다. 나는 아이가 잠들기 전에 전날과 같은 질문을 또 했고 아이는 자기가 떼를 많이 썼다는 걸 잘 알고 있었다. 하지만 그다음 날도 떼를 쓰고 동생에게 화풀이까지 하니 이번에는 작은아이의 떼쓰기가 시작됐다. 좋은 습관을 만들기는 어려워도 나쁜 건 금방 배우는 구나라는 생각이 들어 나는 한숨이 저절로 나왔지만 나는 작은아이를 달랬다. 별것도 아닌 일로 트집을 잡아서 울며 제 에너지도 소모되고 지켜보는 엄마의 진을 빼는 아이를 체벌을 해서라도 떼쓰는 버릇을 고쳐야 하는 건 아닌가 갈등이 생겼지만 나는 애써 참았다.

그날 밤, 조용히 생각해보니 보통 큰아이는 자기 물건을 가족들이 허락 없이 만질 때 화를 냈다. 그 후 나는 아이의 물건을 만질 때는 꼭 미리 물어보고 아이의 동의를 구했다. 그랬더니 아이가 떼를 쓰는 빈도수가 현저히 줄었다. 그리고 작은아이에게도 이것을 적용했더니 역시 떼가 줄었다. '우리 아이들이 참 유별난 것인가?'라는 생각을 했지만 놀이터에서 놀고 있는 다른 아이들의 모습을 관찰해보니 자기 걸 친구가 못 만지게 하는 건 그 시기의 또래 현상이었다.

떼쓰는 아이에게 선물은 없어

그럼에도 나는 아이가 떼쓸 때 소진된 에너지로 얼마쯤은 화가 나 있었다. 주말에 온 가족이 외식을 하러 가는 차안에서 큰아이가 아빠에게 받고 싶은 선물을 이야기했고 남편은 내가 온라인으로 주문해 줄 거라고 하는 게 아닌가? 그 대화를 듣던 나는, 나도 모르게 큰아이가 월요일, 화요일, 수요일에 한 행동을 이야기하며 아빠가 직접 사주는 건 어쩔 수 없지만 떼쓰기를 하는 아들의 선물은 사주고 싶지 않다고 말했다.

그 이야기를 하고 나니 머릿속으로는 아이의 행동을 이해했다면서도 풀리지 않은 화 때문에 소심한 복수를 한 내 모습이 보였다. 또 옆에서 지켜본 남편도 엄마에게 화를 많이 낸 건 잘못이라 장난감을 사줄 수 없다고 동의해주었다. 사실, 내가 사주진 않아도 남편이 장난감을 사주면 받고 좋아할 아이의 모습을 보고도 싶었다. 내게 한 아이의 행동이 괘씸했으면서도 나는 그렇게 양가감정 사이에 놓여 있었다.

어쩌면 나라는 객체, 또 엄마의 역할 사이에서 나는 늘 이렇게 양가감정인 듯하다. 보통 내 컨디션이 좋으면 엄마의 역할이 수용이 되고 몸이 피곤하면 엄마의 역할에 한계를 느끼면서 큰소리가 나오고 손이 올라갔다. 컨디션이나 체력과는 상관없이 항상 상냥한 엄마가 되어야 한다는 걸 알지만 책에서 읽은 좋은 엄마가 현실에서는 엉덩이를 가볍게 치며 아이를 훈계하는 엄마가 되는 이유는 체력이 소진되면서 역할의 한계가 올 때 나타나는 상황이었던 거다.

내가 어른이었지

어느 토요일 아침, 일찍 잠에서 깬 작은아이와 동네 산책을 나갔다. 나와 작은아이는 일찍 자고 일찍 일어나 아침부터 활동하는 걸 좋아했고, 남편과 큰아이는 밤늦게까지 깨어 있고 주말에 늦잠 자는 걸 좋아했다. 그렇게 작은아이와 짝꿍이 된 나는 아이와 손을 잡고 산책로를 걸으면서 도란도란 얘기를 하다가 "엄마가 앞으로는 화를 내지 않겠다."라며 선언했다. 사실 그 선언은 아이에게 라기보다 내가 나 들으라고 한 약속 같은 거였다. 가끔 부부싸움으로 남편과 한동안 대화가 없던 때였는데 화목한 엄마아빠의 모습을 보여주지는 못해도 화내는 엄마가 되지 않으려는 미안함의 표현이었다. 그런데 내 말을 들은 작은아이가 "나는 짜증을 부리지 않겠다." 라고 화답하는 거였다. 전혀 예상치 못한 아이의 대답에 울컥할 만큼 감동을 받으며 '아 내가 어른이었지'라는 걸 순간 깨닫게 해준 아이의 말이었다.

그래, 나는 너른 들판 같은 시선으로 너희를 품어 주어야 하는 건데, 언제까지 아이들이 아이가 아닌데 아이가 화를 낼 때마다 나도 아이의 시선에서 같이 화를 내다니. 앞으로도 똑같은 상황이 벌어지면 어른의 눈높이로 상황을 정리하고 잘 가르쳐 봐야겠다. 아이의 대답이 들려준 그 깨달음에 내 마음이 훨씬, 엄마의 마음으로 너그러워진 듯했다. 그러려면 내가 언제 힘든지 언제 화가 나는지를 잘 살펴 먼저 나를 보살펴야겠다.

훈육, 허용의 무게 추는 균형을 이뤄야해!

남편과 꿈같은 신혼을 보내고 아이가 태어나며 여러 과정을 겪었다. 그런데 막상 아이가 자라면서 우리는 훈육을 어떻게 할 것인가를 두고 자주 부딪혔다. 말이 빠르지 않았던 큰아이가 커가면서 자기주장을 하게 되고 부모의 말보다는 자신의 욕구를 먼저 해결하려고 했다. 유아 사춘기라는 말처럼 떼가 늘어 자기 마음대로 되지 않는 일에는 징징거리기를 반복했고, 마지막에는 크게 울어버리는 게 아닌가? 그 광경을 보며 나도 모르게 소리를 지르고 있었다.

처음에 큰아이의 반항기가 시작됐을 때 아이에게 좋은 말로 안 되는 거를 가르치려 했지만 말이 통하지 않는 순간이 온 거다. 그런 일이 생길 때마다 나도 화를 다스리지 못해 아이에게 소리를 질렀고 남편 또한 아이의 버릇을 고치겠다고 나섰다.

그때는 우리 두 사람 다 아이를 사랑하는 마음만 컸지 어떻게 아이를 훈육해야 하는지 몰랐다. 아이에게 아빠는 아빠의 목소리로. 엄마는 엄마의 목소리로 말해야 하는데 아이의 화에 아이처럼 화로 반응을 하니 화가 화를 부르는 악순환이 반복된 거다. 그 악순환 속에서 어떤 날은 끝까지 고집을 꺾지 않으려는 아이에게 체벌을 했고 아이 또한 고집을 꺾지 않았다.

부모로서의 역할

그런데 함께성장인문학연구원에서 역할에 관한 공부를 하면서 깨달음이 오면서 나는 그 깨달음을 실행해보기로 했다. 그건 내가 아이에게 간혹 지르던 소리를 스스로 자제해 보는 거였다. 그런데 흥미로운 건 내가 아이들에게 소리를 지르지 않게 되니 남편도 소리를 지르는 횟수가 줄어드는 거였다. 또 남편이 분노로 훈육을 하게 될 때 내가 중재를 하니 체벌을 하는 대신 말로 경고를 하게 됐다. 그러자 아이는 또 언제 그랬느냐는 듯이 아빠에게 다가가 웃으며 애교를 부렸다. 이처럼 내가 먼저 순해지니 남편도 순해지고 아이의 떼쓰기가 우리가 수용할 수 있는 범위로 들어왔다.

이 당시 무엇이 문제였던가를 생각해 보면 남편이나 엄마인 내가 부모로서의 역할이 아닌 아이와 같은 눈높이에서 화를 내고 있다는 거였다. 우리가 부모로서의 역할로 아이를 대하지 않고 아이의 눈높이에서 같이 화를 다루고 있다는 거, 부모의 눈높이는 아이가 화를 내면 저 아이가 화가 났구나를 읽어주어야 교육인데 아이와 똑같이 나도 화를 내면 내 역할에서 실패한 거였다. 그걸 인식한 후에 내가 부드럽게 말을 하면서 아이도, 남편도 부드러워지고 그래서 나는 역할의 중요성이 부모로서 얼마나 큰지 배우게 됐다.

그 후 아이들과 나와의 관계가 평화로워지는 것을 보며 남편이 많은 것을 수용하는 것을 보게 됐다. 남편은 내가 평상시에 아이들에게 하는 말을 그대로 따라했고, 내가 아이에게 소리를 지르면 더 크게 소리를 질렀고, 내가 아이의 떼를 달래가면 부글부글 끓는 속을 참아내면 남편도 참는 듯했다. 그래서 아이가 남편 앞에서 떼를 써도 하고 싶은 말을 참고 또 참아봤다. 물론 처음에는 뜻대로 되지 않아 시행착오도 있었지만 반드시 내가 고전에서 보고 배운 대로 순한 모습을 보여주어야만 한다고 생각해 노력하다 보니 어느덧 그런대로 내게 맞는 옷이 되어가고 있다.

좋은 습관 만들어 주기

그러나 그럼에도 아이들에게 되는 일과 안 되는 일을 가르치고 좋은 습관을 만들어 주기 위해 때로는 엄하게 해야 할 일들이 있었다. 예컨대 아이들이 어질러 놓으면 내가 치우는 게 아니라 아이들 스스로 정리를 하게 가르쳐야만 했다. 잔소리하기 싫어하는 나라도 아이들에게 훈육을 해야 하는 말들을 화를 내지 않고 조목조목 가르쳐주는, 우스울 수도 있지만 스킬이 나날이 늘어났다.

그러면 남편은 씻기 싫다는 아이들을 어떻게든 매일 밤마다 씻기며 자신의 역할을 해냈다. 나도 남편의 그런 모습에 놀고만 싶어 하는 큰아이를 책상에 앉히고 한글 공부를 시키느라 종종 무서운, 사감선생님 같은 엄마가 됐다. 십여 년을 한결같이 아이들 목욕을 담당해온 남편처럼 나도 엄마의 역할을 오늘도 성실하게 해내는 거다.

스마트폰과 게임,
적절하게 사용하게 하는 법

초등학생이 된 작은아이의 엄마들 모임에서 그냥 웃고 넘길 수만은 없는 이야기를 들었다. 우리 집과 비슷한 터울의 형제를 키우고 있는 엄마였는데 어느 날엔가 놀이터에서 아이가 친구의 스마트폰을 두 손으로 떠받들고 있는 모습을 목격했다는 거였다. 이유인즉슨, 친구가 미끄럼틀을 타는 동안 대신 광고를 보며 두 손으로 공손하게 들고 있으면 게임을 시켜주기로 했다는 거였다. 게임을 허용하지 않았던 부모가 아이가 게임을 하고 싶어 한 행동을 보며 그때 받은 충격이 너무 커 게임 하는 걸 받아들였다고 했다.

또 지인이 들려준 사례는 스마트폰을 허용하지 않았던 고등학교 2학년이 된 아들에게 결국 사주었다고 했다. 부모가 먼저 모범을 보이며 아들에게 헌신 했기에 아들은 스마트폰이 없어도 괜찮을 줄 알았는데 아이가 한 말은 부모의 마음을 쓰리게 했다. 운동을 했던 아들이 울면서 하는 말이, 선후배의 규율이 엄격한 분위기에서 친구들은 선배들의 요구나 물음에 스마트폰으로 바로 검색해서 답을 했는데 자기는 그러지 못해 불이익을 받아 왔다는 거였다. 또 친구들이 대기시간 등에 게임을 하는 모습이 부러워 친구들의 요구를 들어주면서까지 스마트폰을 사용해 보곤 했다는 거였다.

공부도, 운동도 잘하는 성실한 아들이 참아왔던 감정을 결국 울면서 말하는 걸 보고 아버지로서 무척 아팠고 그렇게까지 힘들다는 걸 알았다면 진작 사주고 말일이었다고 했다. 이제는 아이가 운동이 아닌 공부로 좋은 대학에 입학을 해 다 지나간 이야기임에도 마음에 맺힌 후회와 안타까움은 부모로서 어쩔 수 없어 보였다. 그 외에도 직장 동료는 초등학교 반장선거에서 스마트폰이 없어서 떨어졌다는 딸아이의 눈물어린 호소에 결국에는 스마트폰을 사줬다. 또 핸드폰 매장 가보면 어른과 똑같은 스마트폰을 초등학생에게 사주는 부모를 보게 되는데 달라진 요즘 분위기를 느끼게 된다.

엄마는 아들을 스마트폰에 뺏기는 거야

그렇다면 아이들에게 스마트폰을 언제 사주어야 아이들을 미디어로부터 보호하는 적당한 시기가 되는 건지 나는 한동안 고민에 빠졌지만 내 나름대로 정리를 했다. 우선 나는 스마트폰의 미디어, 게임 중독이 되지 않도록 아이에게 각별한 주의를 기울였다. 그래서 아이는 친구들과 문자를 주고받고 부모와 연락이 되는 용도로만 써야 한다며 인터넷기능을 막아 놓은 폴더폰을 사용하고 있다. 처음부터 인터넷을 쓸 수 없고 전화용도로만 써야 한다고 고지를 하고 스마트폰을 사줬다. 다행히도 인터넷 기능을 풀어달라는 요구를 하지 않는다. 모르는 듯하다. 아이들은 가끔 엄마는 스마트폰으로 영상을 볼 수도 있고 부럽다고 한다.

하지만 영상을 자주 접한 아이들은 미디어 중독으로 인한 그 폐해도 컸다. 부작용에 대한 뉴스를 접한 나는 아이에게 이 뉴스를 전하며

"엄마가 네게 스마트 폰을 주면 네 성장에 좋지 않은 여러 현상이 일어난대. 너도 네가 잘 성장하길 바란다면 지금 그 마음을 좀 잘 참아 보자. 네게 꼭 필요한 그 순간에 엄마아빠가 반드시 좋은 스마트폰을 선물해 줄게."라고 말했다.

아이들이 이 말을 어떻게 받아들였을지 모른다. 어쨌든 그렇게 우리 집에서는 아이들에게 제한을 두었지만 한편 나는 어른들과의 약속으로 휴대폰을 이용하지 못하며 친구가 사용하고 있는 상황에서 아이는 어떻게 행동할지 사실 무척 궁금하다. 종종 큰아이는 '나 대학생이 되면 스마트폰은 몇 개나 사 줄 거야'라거나 '최신형 스마트폰을 갖고 싶다'라며 애교를 부린다. 또 '형님이 먼저 최신형 스마트폰을 갖고 너는 나중에 갖는 거야'라고 동생에게 다짐을 받곤 한다. 그렇게 반 아이들이 다 가졌다는 스마트폰을 자신이 가질 날을 상상하며 아이가 기다림의 순간을 견디고 있는 듯 했다.

아빠를 기다리는 건지 스마트폰을 기다리는 건지

그렇게 스마트폰을 원하는 아이들에게 나는 성인이 되면 목에 주렁주렁 매달아 줄 정도로 사주겠다며 큰소리를 쳤는데 스마트폰이 아이들 사이에서 힘으로 작용한다면 그 힘에 휘둘리지 않을 수 있는 환경을 만들어 주어야 했다.

지하철을 타보면 사용을 안 하는 사람이 없을 정도로 필수품이 되어 버린 스마트폰. 그렇다면 어떻게 아이들이 스마트폰의 장점만 활용하고 단점에서 벗어날 수 있을까? 우선은 서로 규칙을 정해서 일정 시간만 사용하는 통제가 가능한 상황을 습관으로 만들어야 한다. 그런데 그 통제는 어떻게 이루어져야 할까? 자신이 없던 나는 남편에게 엄마들 모임에서 들은 이야기를 전하고 아이에게는 혹시 게임이 하고 싶다면 아빠에게 부탁하라고 말했다. 아빠 스마트폰으로 게임을 해보면 게임하는 친구를 더 이상 부럽게 쳐다보지 않아도 되길 나로선 바란 거였다. 또 친구가 하는 게임을 따라 하는 게 아니라 공부를 한 후에 보상으로 꿀 같은 휴식 시간에 게임을 할 수 있게 했다. 그래서 아이들은 저녁식사 후 하루의 공부를 마치면 게임을 했다. 혹시 야근이나 회식으로 아빠가 일찍 오지 않는 날은 언제 집에 오냐며 전화를 하며 오매불망 기다렸다. 아빠를 기다리는 건지, 스마트폰을 기다리는 건지 모르겠지만 아이들은 새로운 우리 가정의 규칙에 적응해 나갔다. 가끔은 아빠와 함께 스마트폰으로 야구게임을 하며 강화를 어떻게 하는지 머리를 맞대고 이야기를 주고받는 남편과 아이들. 스마트폰 게임으로 대동단결하는 부자의 모습에 나도 모르게 웃음을 짓게 된다.

홍수처럼 넘쳐나는 매체에 이리저리 이끌리다 중요한 것을 놓치는 게 아닌 규칙을 정하고 멈출 줄 아는 습관을 만드는 과정을 나는 아이들에게 앞으로도 계속 가르칠 것이다. 그래야 동전의 양면처럼 편의성과 해악이 되는 기능을 구분할 줄 아는 어른으로 자라날 것이라고 믿기에, 현대인의 필수품이 된 스마트폰을 잘 활용 할 수 있기를 바란다.

형제전문 육아 맘, 둘이라서 좋아!

내가 어린이집에 등원하는 아이들과 함께 엘리베이터를 타면 이웃 주민들은 쌍둥이냐고 묻곤 했다. 아이들의 키가 확연하게 차이가 나는데도 닮은 얼굴이 똑같아 보인 듯했다. 엄마인 내가 아이들을 볼 때에는 얼굴 생김도, 키도, 성격도 많이 다른 데 보는 사람마다 같은 질문을 했다. 그런 아이들의 하루 일과는 아침이면 사이좋게 어린이집에 등원했다. 같이 하원을 한 후에는 늘 놀이터에서 놀고 집에 와서 저녁을 먹으면서 하루를 마무리했다. 큰아이가 초등학교에 입학하자 작은아이도 병설유치원에 다니면서 함께하는 등교와 하교가 이어졌고 그렇게 함께 하는 시간이 많은 형제는 좋은 것도 나쁜 것도 서로에게 금방 배웠다.

서로 하고 싶은 거만 배우는 아이들

초등 입학 전 큰아이의 한글 공부를 위해 학습지 선생님과 수업을 시작했다. 그것이 부러웠던지 작은아이가 공부 시간에 옆에서 기웃거렸다. 나는 작은아이에게 너는 아직 공부 안 하고 놀아도 된다고 했지만, 큰아이가 부러웠던 아이는 결국 학습지를 시작했다. 그러더니 수학 과목까지 두 과목을 하는 큰아이처럼 더 많이 하고 싶어 했다. 반면 큰아이는 수학까지 하기는 힘들다면서도 작은아이가 자기 건 만지지도 못하게 했다.

그런데 모든 걸 좋은 쪽으로만 배우는 건 아니었다. 공부할 게 많다고 투덜대는 큰아이가 작은아이처럼 공부량을 줄여달라고 했고, 큰아이가 다니는 태권도는 다니기 싫다고 작은아이는 거부했다. 그러면서 큰아이의 울고 떼쓰기, 화내기, 심통 부리는 모습을 그대로 배워서 작은아이 역시 똑같이 행동했다. 그런 것은 배우지 않아도 되는데 하는 말까지 그대로 따라 했다. 나쁜 건 너무 쉽게 배웠고, 아이들은 자기가 하고 싶고 좋아하는 것만 서로에게 배웠다. 그렇게 하라고 따로 가르침을 받거나 과외를 받은 게 아닌데, 어쩜 그렇게 바로 배우는지 참으로 신기했다.

나는 사이좋은 형제가 됐으면 좋겠다는 소망을 가져보며 서로 양보하는 걸 가르치고 싶은데, 둘은 때때로 경쟁구도로 맞설 뿐 양보를 배우긴 쉽지 않았다. 예컨대 작은아이가 이불속으로 들어가서 큰아이의 장난감을 가지고 놀곤 하는데, 가지고 놀고 싶은데 안 된다고 할 게 분명하니 꾀를 내서 노는 그 광경에 나는 자연스레 웃음이 나왔다. 그렇게 장난감 하나를 가지고 싸우는 아이들을 보며 나도 물건을 살 때는 꼭 두 개를 사며 아이들에게는 각각 마음에 드는지 꼭 물어봐 주었다. 큰아이의 책상을 사면서 작은아이 것도 샀고 각각 아이언맨과 스파이더맨 의자를 샀던 거다.

동생을 낳으면 엄마가 힘들다고?

요즘은 텔레비전 만화를 봐도 주인공이 외동이라서 형제자매 대신 친구들과 놀고, 대한민국 평균 출산율이 1명이 안 된다. 내 주변을 둘러봐도 회사의 젊은 직원들은 아이 하나 키우는 것도 힘들어 둘째는 생각조차 할 수 없다고 한다. 사실 아이 키우는 게 점점 힘이 드는 현실이니 그도 이해가 간다. 또 어느 날은 놀이터에서 혼자 놀고 있는 작은아이 친구가 안쓰러워 엄마에게 동생을 낳아달라고 부탁해보라고 우스개로 하니 동생을 낳으면 엄마가 힘들어서 안 된다는 아이의 대답이 돌아왔다.

그 말을 듣고 문득 사내결혼을 하고 미취학의 쌍둥이를 키우고 있는 동료여직원이 퇴근한 남편이 스킨십을 하려는 게 너무 싫다고 했던 말이 떠올랐다. 그녀는 퇴근 후 집에 돌아가면서부터 걸레를 내려놓지 못할 정도로 살림에, 아이들을 돌봐야 했던 거다. 반면 그녀의 남편은 야근과 회식에 승진시험까지 준비하며 직장에서의 성공을 향해 앞만 보고 달려갔는데 우리 주변에서 어렵지 않게 볼 수 있는 맞벌이 부부의 모습이었다. 그런 환경에서 그녀가 스킨십을 마땅치 않아 하게 된 건 어쩌면 당연한, 다시 말해 자녀는 하나로 충분하다고 결정하게 된 거다. 어떻게 워킹맘 혼자 모든 것을 감당할 수 있겠느냐 말이다. 아이가 아무리 예뻐도 몸으로 경고음이 울리는데, 다시 아이를 낳는 선택을 하기는 쉽지 않은 게 현실인 거다.

하나 보다는 둘이 좋구나!

하루는 큰아이가 내게 와서 어린이집에서 동생을 밀치는 아이에게 가서 사과하라고 했다며 동생 편을 들어 준 이야기를 전하는 게 아닌가? 나는 왠지 그 모습이 상상이 되며 마음이 뿌듯해졌다. 어느새 아이들은 일상을 나누며 깊은 유대감을 맺고 있었던 거다. 이처럼 역시 아무리 힘이 들어도 아이들에게는 '하나 보다는 둘이 좋구나!'라고 생각하게 된 순간은 여러 번 있었다. 병원에서 진료가 끝나면 주는 비타민을 받을 때면 당연한 듯 동생 거까지 챙기는 큰아이, 엄마가 잠시 쓰레기를 버리려고 집을 나가면 혼자 있기는 무서운데 형이 있어 괜찮다는 작은아이의 모습을 볼 때가 바로 그런 순간들이다.

그렇게 서로 양보를 하며 때로 친구처럼, 때로 형, 아우처럼 의지하며 서로의 시너지를 나눌 수 있기를 바라는 부모의 마음. 그것을 아는 듯 성장해가고 있는 형제들을 볼 때마다 아이들이 부모에게 보내는 응원처럼 느껴져 마음이 따듯해진다. 서로 의지하며 동시대를 함께 자랄 수 있는 친구 같은 형제가 있다는 게 아이들로서는 큰 복이고, 내게는 심심하니 놀아달라고 외치는 큰아이에게 동생이랑 놀라고 말할 수 있으니 이 또한 얼마나 행복한 일인가 싶다. 그러므로 혹시 외동을 두고 둘째 출산을 망설이는 독자분에게 말씀드리고 싶다. 몸의 육아전쟁은 생각보다 금방 지나가고 형제의 존재 기쁨은 부모가 지상에서 사라져도 계속되니 깊이 생각해 결정하셔도 좋겠다는 말씀을 드리고 싶다.

형제의 전쟁터를 평화의 놀이터로!

큰아이가 작은아이가 갑자기 밀어서 넘어졌다며 내게 달려왔다. 멀리 떨어져서 입을 꼭 다물고 있는 작은아이가 보였다. 내 눈이 미치지 못한 곳에서 발생한 일이었다. 상황파악을 먼저 해야 했기에 작은아이에게 다가가 정말 밀었냐고 물어보고 왜 그랬는지를 알아보려했다. 돌아온 대답은 조금 있다 아빠가 오면 사과를 하겠다는 거다. 그 말을 듣고 어이가 없었지만 나는 기다려 보기로 했다. 큰아이는 당장 사과하라며 똑같이 해주겠다고 소리를 질렀다. 그런 아이들을 보고 있자니 며칠 전 일이 떠올랐다. 그날은 큰아이가 먼저 심술을 부렸었고 방심하고 있던 큰아이에게 작은 아이가 잊지 않고 복수를 한 거였다. 평상시 작은아이는 큰아이가 자꾸만 시비를 건다며 불만을 표현했다.

큰아이는 어려서부터 작은아이가 장난감을 가지고 놀려고 하면 먼저 뛰어가서 잡았고, 놀이터에 나간다는 소리에 붕붕카에 앉은 동생을 밀치고 앉았다. 또 아침 등원 길 동생의 유모차에 앉아버린 큰아이를 어쩔 수 없어 나는 작은아이를 달랬었다. 유모차를 타고 어린이집을 가는 큰아이와 그 옆에서 걸어가는 작은아이, 보기에도 이상한 상황의 해결책은 쌍둥이 유모차가 됐고, 유모차를 미느라 나는 정말 힘들었다.

지나가는 사람들도 이 광경을 이상한 듯 바라봤지만 나는 개의치 않았다. 첫째로 태어나 동생보다 조금 오래 살았다고 모든 걸 다 이해하고 받아들여야 하는 어른이 아닌 큰아이의 마음을 알아주는 것도 내게는 중요했다.

엄마는 공정하지 않다고?

큰아이는 우리 부부의 첫 아이로 사랑과 관심을 독차지했다. 그러다 동생이 태어나고 부모의 사랑과 관심이 동생에게로 움직였다는 걸 느꼈을 거다. 그러니 내 것이라고 생각하던 걸 빼앗아간 대상에게 화가 나는 건 자연스러운 일이었던 거다.

그래서 아이들의 다툼은 항상 일어났다. 아이들은 내가 갖지 못한 걸 상대방이 가지면 부러워해 꼭 하나를 가지고 싸웠다. 특히나 남자아이들의 다툼은 몸싸움으로까지 번지곤 해 나는 규칙을 정했다. 그 규칙은 서로의 물건을 만질 때는 동의를 구하고 상대가 안 된다고 하면, 된다고 할 때까지 기다리는 거였다. 그래도 싸움이 생기면 그 이후에는 '미안해'라고 말하는 거였다. 이처럼 말로 하는 표현으로 많은 걸 해결할 수 있다고 알려주며 서로 화해하는 법을 가르쳤다. 또 한 번으로 부족하다면 세 번까지 기회를 주어 용서를 해야 하는 거라고 교육시켰다.

그럼에도 '미안해'라는 말로 해결이 안 되는 건 여전히 있다. 또 아빠 앞에서는 안 싸우는데 엄마와 있을 때만 싸웠는데 아이들에게 물어보니 아빠는 두 아이를 공평하게 대하는데 엄마는 그렇지 않다는 거였다. 그 말을 듣고 생각해보니 큰아이가 작은아이와 다투다 화를 내면 나는 작은아이와 산책을 나갔다. 갈등의 순간을 잠시 뒤로 미루고 서로 감정이 풀린 후 대화를 하는 게 좋다고 생각했는데 그 갈등 상황에서 바로 이를 바로 잡고자 하는 엄격한 훈육이 필요한 거였다.

그래서 나는 남편이 그런 상황에서 어떻게 하는지 관찰해봤다. 남편은 우선 양쪽 아이의 말을 다 들은 후, 시시비비를 가려 잘잘못을 가렸다. 늘 양 편이 모두가 잘못한 경우가 많았고 남편은 이를 최대한 공정하게 적용하고 화해를 시키곤 했다. 무서운 아빠는 적극적으로 바로바로 중재를 했고 큰아이는 나를 대하듯 소리 지르는 등 막무가내 행동을 하지 못했다. 엄마가 아빠보단 형제에겐 만만해 보이는 것도 내가 갈등상황에서 적극적으로 아이들을 교육하지 못한 이유였다.

우리 넷이 있을 때 규칙은 말이야

이 관찰 후 나는 아이들 사이에서 서로 지켜야 할 규칙 등 이번 한 번만으로 넘어갈 게 아니라 앞으로도 적용이 될 규칙이라며 서로를 어떻게 대해야 하는지 생각해보라고 했다. 그리고 작은 일에서부터 규칙을 적용해 보기로 했다. 예를 들어 보드게임을 하면서 룰을 정할 때 작은아이에게 적용될 룰이 큰아이에게도 적용되는 거로 나중에 다른 말을 하지 않기로 확답을 받고, 또 룰을 바꿀 때도 네게도 적용되는 거라며 바뀌는 룰을 지켜야 한다고 미리 약속을 하자 그렇게 동의된 룰을 아이들도 지키려고 했다.

그런 아이들을 보니 여기서 더 나아가 함께성장인문학연구원의 강사과정을 통해 습득한 마법의 대화 규칙을 실천하고 싶었다. 나는 아이들에게 “우리 넷이 있을 때의 대화의 규칙을 잘 지켜야 멋

진 남자 사람이 될 수 있어! 그 규칙은

첫째. 비난하지 않기

둘째, 지적하지 않기

셋째, 가르치지 않기

넷째, 평가하지 않기야" 라고 말했다.

처음 그 말을 내가 했을 때는 아이들이 귓등으로도 듣지 않았다. 하지만 자기들끼리 싸우다가도 누군가 규칙! 이라고 말하면 아차! 라며 웃기도 하는 경우가 늘어나고 있다. 계속해 반복 실천하면 자연스럽게 아이들이 규칙을 배운다는 것을 알기에 계속 반복해 나갈 것이다. 그래서 모든 대화의 시작은 존중에서 라는 '마법의 대화 방식'처럼 우리가정에서는 자유롭게 말해 창의적인 대화가 오갈 수 있기를 바란다. 나 또한 이미 아이들에게 남편에게 이 네 가지를 적용하려 노력해오며 우리 가정에 훈풍이 불기 시작했다는 걸 이제는 알고 있다. 독자 여러분도 하루에 한 번씩, 이 규칙을 적용해 보시라 권한다. 어느샌가 따듯한 바람이 부는 가정을 느낄 수 있을 것이다.

꼬였던 실타래를 풀어 일상의 수놓기

해도 해도 끝이 없는 육아. 육아 신입생 시절, 나는 육아야 말로 세상 어떤 일 보다 쉽지 않은 일이란 생각을 많이 했다. 신체적으로 고단하고 정신적으로 외로운, 그저 아이들이 눈에 띄게 커가는 거 말고는 결과가 없는 긴 시간을 투자해야 하는 일이라고. 그렇게 답답했을 때 만난 책, 그리고 마음속에 들어 온 한 구절이 있었다.

그 구절은 육아가 회색빛이라고 생각했던 내게 어쩌면 육아야말로 분홍빛이 될 수도 있겠다는 생각을 처음 할 수 있는 힘을 주었다. '아이에게 내 시간을 주는 거라니!' 얼마나 멋진 통찰의 구절인가. 나는 차츰 육아를 과제가 아닌 부모의 시간으로 사랑을 주는 노력을 하게 됐다.

엄마 닭과 병아리들의 나들이

작은아이가 스스로 걷기 시작하면서 나는 혼자 두 아이들을 데리고 다니는 게 가능하게 됐다. 처음엔 내가 아이를 둘이나 데리고 다닐 수 있을지 엄두가 나지 않았다. 하지만 혼자 두 아이를 돌봐야 하는 시간이 길어지며 집에서만 육아를 하는 게 효율적이지 않다는 걸 알게 됐다. 처음에는 아이들에게 공간 전환을 해주고 싶어 이곳저곳을 다니게 됐는데 나중에는 아이들에게 새로운 경험을 시켜주고 싶어 아이들과 어디를 갈까 연구하는 시간이 늘어났다. 어미닭이 병아리들에게 어디서 푸성귀를 풍성하게 뜯을 수 있을까 고민하며 병아리를 몰고 다니는 것처럼 아이들에게 새로운 경험을 할 수 있다면 나는 어디든 갈 수 있었다.

그때 선택된 놀이가 아이들에게 비행기를 태워주는 경험이었다. 그래서 여권을 만들기 위해 사진관에서 형제의 사진을 찍고, 구청에 서류를 접수했는데 그 과정이 참으로 험난했다. 작은아이는 똘똘하게 잘 찍었는데 사진을 찍기 싫다는 큰아이를 달래서 의자에까지는 앉혔지만 울상이어서 한참을 포토샵 보정을 해야 했다. 아이들은 사진을 찍기 전에 이미 한 차례 아이스크림을 먹고, 사탕을 먹었지만 효과가 길지 않았다. 이미 지쳐 집에 가자는 아이들과 구청에서 여권신청서를 쓰는 것도 쉽지 않았다. 엘리베이터를 타고 오르락내리락하는 아이들에게 눈을 떼지 못하고 간신히 서류를 접수한 후 집으로 돌아왔다. 집으로 돌아온 나는 탈진했고 아이들도 힘들어 보였다. 그러나 그 여권은 수년이 지나서야 우리 네 식구가 사용할 수 있게 됐다. 아이들은 내가 예상했던 대로 비행기 타는 경험을 너무나도 좋아해 일기를 6탄까지 쓰며 인상적으로 기록했으니 비행기 놀이는 나름 성공적인 게 됐다.

아이의 욕구와 엄마가 꼭 해야 하는 일, 절충하기

놀이와는 별개로 감기에 걸린 큰아이가 소아과 진료를 받아야 하는데 아이들과 병원을 다녀오는 건 내게 난이도 높은 일이었다. 어린이집에서 하원을 하면 집에서 간식을 먹고 놀이터에서 놀고 싶은 아이들과 병원 진료종료 전에 도착해야 하는 엄마는 늘 충돌할 수밖에 없었다. 우리는 그래서 타협점을 찾아 병원보다 먼저 빵집을 갔고 아이스크림을 다 먹은 후 병원으로 가자는 약속을 했다. 하지만 세상이 온통 망원경인 아이들에게는 무리인 것이 놀이터를 무사히 지나 병원에 도착해도 엘리베이터를 타고 싶은 큰아이와 계단으로 가고 싶은 작은아이는 서로 원하는 방식대로 간다해 내 혼을 빼놓곤 했다. 큰아이를 달래 놓으면 작은아이가 삐졌고, 작은아이를 달래 놓으면 큰아이가 큰 소리는 우는! 진료를 거부하는 아이를 달래다 지쳐 집으로 돌아가자 하니 그제야 진료실로 들어가는 일도 허다했다. 그때마다 엄마가 아닌 내 개인의 감정이 울화로 솟구치지만 아이에게 시간을 주는 엄마가 함부로 화를 낼 수는 없는 노릇이었다. 참 쉽지 않은 육아의 세계여. 무엇을 믿고 덜컥 그렇게 간절히 원하기까지 하면서 입문했는지 말이다.

아이들에게 도서관 경험을 주고 싶었던 나는 아이들과 도서관에 가곤 했는데 이도 쉽지는 않았다. 도서관에 처음 갔을 때 일이다. 카드를 만들고 책을 대출하려는데 작은 아이가 '엄마, 응가!'라고 하는 게 아닌가? 놀라서 화장실에 화급히 다녀오니 이번에는 사서가 뛰어다니는 형제가 소란스러우니 조용히 시켜달라고 하는 거였다. 뭐, 어디서든 처음 듣는 말도 아니어서 미안하다는 말보다는 빨리하고 갈 거라는 말이 먼저 나왔다. 미안함도 잠시, 그래도 옥상정원은 포기할 수 없어 신나게 뛰어논 아이들과 집으로 돌아오는데 버스에서도 얼마나 소란스러울까 걱정이 돼 택시를 타고 와야만 했다. 그것을 시작으로 우리는 쉽지 않은 도서관 순례를 계속했다. 이제 부쩍 성장한 아이들은 그때의 경험들로 인해서인지 학교

도서관에서 책을 곧잘 대출해 읽곤 한다. 어느 날은 막내가 자기 반에서 독서왕으로 뽑혔다고 자랑했다. 엄마에게는 쌉싸름했던 놀이가 아이들에게는 좋은 영향을 끼친 듯, 그 시간이 헛되지 않아 뿌듯했다.

엄마와 아이는 협상의 달인이 되어야 해!

그렇게 엄마와 함께하는 시간 속에 아이들은 점점 자기표현도 확실해졌다. 그중 내가 가장 난감했던 건 화가 나면 누가 보든 말든 길에서 크게 울거나 드러눕는다는 거였다. 대체로 자기가 원하는 것을 들어주지 않을 때, 그랬는데 그럴 때면 '얘들이 엄마 인내심 테스트를 하나' 할 정도로 선을 넘은 표현을 할 때도 종종 있었다. 어쩌면 성이 다른 형제이고 나는 이성인 엄마라 내가 아이들의 그런 표현을 받아들이는 게 더 쉽지 않았던 듯하다. 후일 아이들과 같은 동성인 남편이 아이들의 화를 어떻게 받아들이지를 보며 그 점을 더 느꼈다.

그런데 아이들이 늘 막무가내는 아니었던 게 누울 자리를 보고 다리를 뻗으랬다고, 엄마의 약한 마음을 파고들어 거절하지 못할 조건을 제시하며 자기가 원하는 놀이터나 아이스크림을 쟁취해 내곤 했다. 나는 그때쯤 깨달았다. 아, 엄마는 협상의 달인이 되어야 한다는 걸! 그러면서 나는 아이들에게 하나 둘 규칙을 만들어 적용하기 시작했다. 아무리 떼를 써도 안 되는 건 안 되는 거라고 말이다.

일관적인 엄마의 태도가 아이들에게는 곧 규칙이 된다는 걸, 깨닫게 된 거다. 그러고 나니 아이들의 태도를 받아들이는 수용성, 즉 내 태도에도 변화가 찾아왔다. 아이들이 그 규칙에 예외가 없다는 걸 알게 되니 내 교육관이 점차 아이들의 태도로 드러나기 시작했다. 나는 결국 감정에 기대 헌신이나 바람으로 교육하는 게 아닌 아이들 눈높이에 맞춘 규칙이 점점 더 나를 평안하게 한다는 지혜를 알게 된 거다.

산책하는 엄마

규칙을 적용하는 건 중요하지만 규칙과 아이의 욕구가 상충 될 때 나는 그 적용을 뒤로 미루고 산책을 하게 됐다. 내가 중요하다고 생각한 교육을 할 수 있으려면 누구보다 엄마인 내 마음을 다스리는 게 중요했다. 나는 아이들을 좋은 곳으로 성장시키기 위한 인생의 안내자였고 아이들이 걸어갈 그 길을 먼저 걸어본 경험자이기도 했다. 아이들은 아직 걸어보지 못한 그 순수한 세계!

전쟁 같은 일상을 치러내며 그 안내자 역할을 하려면 내 마음을 고요하게 유지시킬 필요가 있었다. 산책을 하며 내가 나무나 바람을 온전히 혼자 만나는 시간. 그 시간은 어린 두 사내아이와 함께 직장의 일상을 살아낸 나를 정화시킬 수 있는 유일한 시간이었다. 순간순간 체력이 소진돼 화가 날 때, 그러나 그 화가 아이들을 향한 화가 아니라 나를 돌보지 못해 야기되는 화라는 걸 이해하게 됐다.

그런 날은 어떻게든 틈을 내서 산책을 갔다. 그러니 그 산책의 시간은 말하자면 내게 인공호흡기처럼 산소를 주입하는 시간이기도 했다. 나로서 내게 들려주는 인정의 말, '엄마로서의 내가 정말 열심히 잘하고 있다.'고, '그래서 우리 아이들도 그런 엄마와 함께 무럭무럭 건강히 자라나고 있다'고 주술을 걸 듯 하루를 마무리하는 시간, 온 대지가 피곤한 나를 안아주는 듯한 시간이다.

시간표 짜주는 아빠, 지지해주는 엄마

학부모가 된 남편은 점점 더 아빠의 역할에 진심인 사람이 됐다. '진작 좀 이랬으면 얼마나 좋았을까'라는 생각이 들 정도로 아이들에게 지극정성이었다. 아이들이 어린이집에 다녔던 시기에 남편은 야근을 일상화하며 회사 일을 모두 해결하겠다는 듯 직장에 충실했었던 거다. 그래서 퇴근 후 아이들을 혼자 돌보던 그 외롭던 시절, 남편이 함께 옆에 있어 줬다면 우리가 더 사이좋게 지낼 수 있었을 텐데 라는 아쉬움이 컸다. 그때 힘든 마음을 어쩔 수 없었던 나는 한동안 명화그리기로 그 외로움을 달랬고 거실에는 어느덧 명화가 자리했다. 그러다 남편의 회사에서 워라벨을 중시해 정시

퇴근 문화가 정착되며 남편의 귀가 시간이 당겨졌다.

상황으로 인한 회사에서의 이른 퇴근을 돌아보면 우리 가정에 많은 긍정적인 변화를 가져오게 된 시작점이 됐다. 실제로 남편의 변화는 그때부터 시작된 거였기에 말이다. 남편은 아빠의 역할에 충실하기로 작정을 한 듯 어느 날, 아이들의 학습 습관을 위해 시간표까지 만들었다.

아빠의 자식 사랑

아이들의 시간표는 평상시 내가 만들어 벽에 부착하고, 알림장도 날마다 체크를 하고 있었다. 그런데 남편이 아이들의 시간표를 만들겠다고 했다. 하지만 남편의 시간표를 마냥, 기다릴 수 없던 나는 간단하게 요일별 스케줄을 손으로 썼다. 나중 아빠가 만든 시간표까지 아이들에게는 엄마와 아빠가 각각 만든 두 개의 시간표가 생긴 것이었는데 그 시간표는 많이 달랐다.

예컨대 남편이 만든 시간표를 살펴보자면 하교 후 요일별 학원 일정과 놀이터에서 놀 수 있는 시간, 이동 중에 엄마에게 전화해야 할 거까지 구체적인 시간표였다. 또 마지막 당부차원의 일정은 '놀지 말고 집에 바로 귀가하기'였다. 이 시간표를 보고 내가 느낀 건 내 시간표와는 차원이 다른 꼼꼼함이었다. 또 남편은 서너 번의 수

정을 거쳐서 완성된 시간표에 그치지 않고 아이에게 발표를 시키듯 시간순으로 해야 할 일을 인지시키기 위해 연습까지 시키는 게 아닌가?

사실 처음 보는 그런 남편의 모습이 나는 신기하기도 했고 아이들이 그런 아빠의 모습을 후일 어떻게 기억할까도 생각돼 마음이 참 좋았다.

남편의 자식 사랑은 그 외에도 '하교한 아이의 위치, 핸드폰으로 연동시켜 찾기', '주말마다 아이들과 야구하기' 등 여러 모습이 있다.

야구는 보통 2시간 이상씩 하는데 야구 클럽에서 배우는 것보다 남편이 가르쳐주는 야구가 더 나아 보였다. 처음에는 몸풀기부터 시작해서 공 잡기와 치기, 그리고 자세까지 교정해 주며 가르쳐주었다. 그 모습이 어찌나 안정적이고 코치와 흡사하든지 나는 남편에게 야구를 배운 적이 있냐고 물어보기까지 했다. 배운 적은 없고 삼성 라이온즈 야구팬으로 야구경기를 놓치지 않고 관람하다 보니 자연스레 알게 된 거라는 남편의 대답을 들을 수 있었다.

아이들과 남편이 그렇게 주말이면 늘 야구를 하러 갈 때면 나는 수건과 마실 물을 챙겨서 따라갔고 간혹 멀리 날아간 공도 주웠다. 아이들과 남편만 갈 수도 있고, 주중에 육아와 직장으로 지친 몸을 집에서 쉴 수도 있었다. 하지만 아이들과 남편이 바깥 활동을 하는 동안 엄마로서 그 자리를 지키며 함께 해주는 거의 중요성을 알기에 나는 되도록 그 자리에 항상 참여하려고 한다.

또한 여름철 물놀이를 할 때도 남편은 아이들 전담이다. 물에서 공놀이는 물론 아이들에게 수영을 가르치는 남편. 물놀이를 하다가 가끔 아이들에게 상처가 나면 약을 발라주곤 하는데 그런 남편의 모습을 바라보고 있노라면 내 마음이 따듯해지고 뭉클해진다. 남편이 어렸을 때 다치면 시아버님이 약을 발라주곤 하셨다는데 남편도 어느덧 자신의 아이들에게 약을 발라 주는 아버지가 된 거다.

엄마도 함께 가르치는 끈기

그렇게 다정한 남편이 아이들에게 공부를 가르칠 때면 호랑이 아빠를 자처한다. 수학 문제를 풀다가 모르는 문제를 만나 멍하니 있는 아이를 눈물이 쏙 빠지도록 혼을 내는 거다. 남편입장에서는 어제 분명히 가르쳐줬던 문제여서 아이가 조금만 집중하면 풀 수 있는데 아이가 어렵다며 손을 놓고 있을 때다.

학교나 학원에서도 아이가 그런 모습을 보일 때가 있어 선생님이 전화를 하시면 나는 그 모습을 지도하려고 하지 못하고 그 과목을 제외하고 아이가 좋아하는 과목만 해주려고 했다. 그래서 남편이 나와 달리 학습지도를 엄하게 하는 것에 나도 아이도 반발이 있었다. 하지만 시종일관 변하지 않는 남편의 모습을 곰곰 생각하게 됐다. 그리고 내가 내린 결론은 남편은 문제를 회피하지 않고, 즉 포기하지 않고 아이가 문제를 풀 수 있도록 실력을 길러주려는 나름이 노력을 하고 있는 것이었다. 그래서 어느 날, 나는 눈물을 뚝뚝 흘리며 화장실로 세수를 하러 가는 아이를 따라가 '아빠는 지금 선생님도 엄마도 가르치지 못하는 끈기를 네게 가르치고 있는 거다. 왜냐하면 앞으로 살아갈 네 세상에 끈기, 인내심은 가장 힘이 세지는 비결이니까. 그러니 아빠가 혼을 내면 수학 문제만이 아니라 인내심의 근육을 키우는 시간이라고 생각하면 서럽거나 화가 나지 않을 거다.'라고 말해 주었다.

아이가 내 말을 다 이해했는지는 알 수 없다. 그러나 분명한 건 아이는 어제 풀다 혼난 수학 문제를 아빠에게 물어보며 해결하려는 태도의 변화는 있었다.

아버지로 인해 가정폭력이나 여러 문제가 야기되는 일간지를 보며 나는 남편의 각별한 자녀 사랑에 아이들이 부쩍 성장하는 것처럼 느껴진다.

이처럼 아이들의 일에 적극적인 남편, 우리 아이들에게 참 좋은 아빠로 기억될 거고 앞으로도 성장에 큰 영향을 받을 것이다.

사랑하고 또 사랑, 너를 사랑해!

퇴근 후 내가 힘들게 준비한 저녁 밥상 앞에서 아이들이 티격태격했다. 큰아이가 무슨 심술인지 작은아이에게 줬던 스티커를 빼앗으며 '내 마음이라서 미안하다'는 말을 세 번 하고 밥을 먹으려 했다. 그러자 작은아이는 바닥을 구르며 울었다. 이렇게 식사시간에 밥은 안 먹고 제멋대로인 아이들을 보다 참을 수 없어진 나는 아이들에게 나가라며 소리를 질렀는데 내심, 그러면 집 밖에서 진정한 아이들이 문을 열어달라며 들어와 조용히 밥을 먹을 거로 예상했던 거다.

하지만 얼마 정도의 시간이 지나도 현관문 밖이 조용해 나가보니 아이들이 보이지 않았다. 결국 놀란 나는 사라진 아이들을 찾아 나서야 했다. 걱정스런 마음으로 동네 한 바퀴를 돌고 혹시나 집에 왔을까 싶어 급하게 돌아오는데 저만치서 손을 꼭 잡고 걸어오는 아이들이 보였다. 안심이 된 나는 아이들에게 달려가 "엄마가 많이 찾았다."고 하자 아이들은 언제 싸웠냐는 듯 웃으며 집으로 들어왔다. 그새 아이들은 기분전환이 됐는지 저녁밥을 잘 먹고, 퇴근한 아빠랑 자전거를 타러 나갔다.

집으로 돌아온 아이들이 밖에서 뭘 했는지 궁금했던 나는 어디 갔었느냐고 물었더니 큰아이가 지난번에 아빠한테 혼나고 엄마랑 산책한 곳을 다녀왔다는 거였다.

인내심을 시험하는 일상의 반복

아이들과의 하루는 여전히 이런 일상의 반복이었다. 아이를 낳기만 하면 될 줄 알았는데 아이들의 행동에 따라 벌어지는 상황에 인내심을 시험하듯 '이걸 어떻게 처리해야 하나?'하는 갈등의 연속이었다. 때때로 엄마로서의 감정처리가 미숙한 내가 소리 지르고 매를 들면 아이들이 따라줄까 싶기도 했고, 그 순간을 넘기려고 내가 밖으로 나가기도 또 아이들을 집 밖으로 내보내기도 해 봤다. 하지만 내가 잘하고 있는 건지 더 좋은 방법은 없는지 생각하게 됐고 아이들이 이런 장면을 후일 어떻게 기억하게 될까라는 걱정도 생겼다. 사실 내 마음은 늘 아이에게 좋은 기억과 행복한 추억을 선물로 남겨주고 싶었으나 이상과 현실의 차이는 컸다. 엄마인 나도 처음 풀어가는 도전이기에 다양한 시행착오를 거듭하면서 아이들과 함께 성장하고 있는 거였다.

그러면서도 공간과 상황을 바꾸면 바로 전에 있었던 일을 어느새 잊어버린 거 같은 아이들을 보며 감정을 가라앉히기 쉽지 않은 나는 퇴근한 남편에게 오늘은 이랬다는 하소연을 했다. 하지만 마치 전쟁터 같은 상황과 마음을 다 전할 수는 없는 한계가 있었다.

마법의 대화 포스텝으로 차분함을 장착!

어느 날, 엄마가 운전하는 차 안에서 아이들이 서로 앞자리에 앉겠다고 다퉜다. 평상시에는 공평하게 뒷자리에만 앉는 걸로 규칙을 정한 아이들. 장거리 여정에서는 멀미하는 동생에게 앞자리를 양보하길 바랐지만, 큰아이는 그러고 싶지 않았던 거다. 티격태격 다투는 걸 보다 못한 내가 소리를 지르려다 형이 먼저 배려를 안 하면 동생도 나중에 형이 휴게소에서 간식을 못 먹게 우리차가 휴게소에 들르는 걸 반대할 거라고 했다. 그러면 제일 손해 보는 사람이 형이라는 말에 큰아이는 조금 생각하더니 결국 작은아이에게 자리를 양보했다.

아이들은 싸우면서도 서로 돕고 배려하며 양보하며 살아야 한다는 걸 알고는 있는 듯했다. 어떤 날은 외갓집서 부부싸움을 하는 조부모님에게 '서로 돕고 살라' 어찌 들으면 맹랑한 말을 손자에게 들었다는 말을 나는 친정 부모님께 전해 들었다. 어린 나이에 그런 말을 할머니 할아버지께 하다니. 대견하면서도 어이상실이었다.

그래서 엄마인 내가 너희도 서로를 도와야 한다고 하니 '형제 사이에서는 서로 먼저 돕지 않기 때문에 도울 수 없다'고 하는 게 아닌가? 그 말을 내가 기억해 두었다 그날, 돕지 않으면 모두 손해를 볼 수 있다는 걸 아이들에게 설명하니 그제야 양보를 한 거였다. 이렇게 아이들이 싸울 때의 상황에 내화에 소리를 지르기보다 차분하게 어떻게 실마리를 풀어야 할지를 방법이 생긴 건, 함께성장인문학연구원에서 '마법의 대화' 강사과정을 하고나서 부터였다. 갈등에 취약했던 내가 어떻게 하면 갈등상황을 슬기롭게 풀 수 있을까를 고민하다 선택한 교육이었는데 사실 나는 그 이후 갈등 상황에 그 전처럼 긴장감이나 불안이 줄었다.

부모로서 아이에게 줄 건 사랑

나는 아이들과 시행착오의 경험을 하며 감정에 따라 행동하기도 했고 조건 없는 허용을 하기도 했다. 어떻게 하는 게 좋을지 여전히 답을 찾고 있지만 어른이고 부모인 내가 아이들에게 항상 실천할 건 결국 내가 먼저 '무조건적인 사랑'을 주는 거였다. 그래서 아이가 온갖 떼를 쓰고 내 몸이 피곤해서 아무것도 하고 싶지 않을 때라도 조용히 상황을 설명하고 소리 지르고 싶은 순간을 넘기는 거다.

그리고 마법의 대화 포스텝으로 아이에게 감정을 물어주고 갈등을 해결해 나가는 방식은 나를 더 차분하게 어른처럼 말하게 도와주었다. 뿐만 아니라 너희들이 계속 그러면 엄마는 곧 소리를 지르게 된다고 말하거나, 엄마에게 잠시 혼자만의 시간을 달라는 요청, 내 감정이 올라오는 순간에도 화를 내기보다 그 순간의 화를 다스리는 모습을 보여 준 다음 여유가 생긴 상황에서 아이와 대화하는 거다.

또 엄마의 불완전한 모습, 다시 말해 엄마도 한 사람의 인간이기에 실수하고 잘못할 수 있다는 거, 사과는 물론 좋은 것만 보고 배우라고 조언하며, 아이가 자신의 모습을 돌아보게 하고 다음번엔 어떻게 할 것인가라는 질문을 통해 가르치게 된 거다. 이렇게 상황을 이해하려고 노력하며 '네 편이다'라는 표현해주면 아이는 금세 누그러져서 순한 양처럼 조용해졌다. 옆에서 묵묵히 포용해주면 결국 엄마 말에 귀 기울이게 된다는 걸 알게 된 과정이었다. 내가 여전히 아이들의 감정에 집중하며 연구를 계속해 나간 건 결국 사랑에 다름 아닌 표현이었다.

Part

4

엄마 역할보다
나를 더 사랑하는 에너지 비축하기

| 나를 더 사랑하다 |

엄마의 화는 식탁으로 달래고

회사에서 하루 업무를 끝내고 집으로 돌아오는 길에는 내 눈 앞에 좋아하는 음식이 떠오른다. 빨리 집으로 돌아가서 아이들과 맛난 음식을 먹어야겠다는 생각에 퇴근길, 내 발걸음은 더 가벼워진다. 그런데 사실 나는 음식에 관심이 있었던 사람은 아니다. 나는 조금씩 자주 먹는 편이라 일을 할 때, 점심식사 후, 저녁식사 사이에 공복기를 참지 못해 과자나 라면 등을 먹어야 했다. 아침은 종종 걸렀지만 나머지는 제때에 밥을 먹어줘야 했다.

그런데 어느 날 오랜만에 만난 여동생이 내가 아이를 낳고 식탐이 늘었다는 말을 했다. 나는 그 말을 듣고 적이 놀라 어떻게 변했

냐고 물어보니, 예전에는 먹는 거에 관심이 없어 잘 먹지 않았는데 이제는 먹는 걸 즐긴다는 거였다. 내가 그렇다고? 내가 생각할 때는 먹는 양이 예전에 비해 크게 늘지 않았고, 출산 후에도 딱히 체중의 변화가 없어 식탐이 있다고는 생각하지 못했던 거다. 그러나 동생의 말을 계기로 돌아보니 힘든 육아의 사막을 지나며 나는, 아이들과 즐겁게 지낼 수 있는 방법으로 맛있는 음식 챙겨먹기를 우선시하고 있었던 거였다. 먹는 게 중요하지 않았던 내가 아이들을 양육하며 느끼는 피로를 먹는 것을 선택하고 먹는 즐거움으로 풀고 있었던 거다. 그래서 허기를 면하기 위한 식사가 아닌 기왕이면 맛있는 음식을 먹기 위해서 먼 거리에 있는 식당이라도 마다하지 않고 찾아가는 변화가 시작된 거다.

도대체 왜 아이 먼저?

결혼을 하고 얼마동안 나는 당연히 남편과 저녁밥을 먹는 게 내가 지켜야 할 예의라고 생각했다. 그러다 아이가 태어나자 남편은 퇴근해서 집에 오면 아이 저녁밥을 먼저 먹였고 그런 후에 내게 밥을 먹자고 했다. 나도 배가 고파서 당장 저녁을 먹고 싶은데 아이가 밥 먹을 때까지 우리가 기다리자는 남편의 말을 듣고 처음에는 어이가 없었다. 그뿐만 아니라 배고픔을 참고 있으려니 화도 났다. 또

한편 어른 밥보다 아이 밥이 먼저인 남편의 태도가 도통 이해가 되지 않았다. 도대체 왜? 그러다 남편을 관찰해보니 아직 어린아이였던 아이들의 발육을 위해 부모로서 아이들을 먼저 챙겼던 거다. 어느 날, 내가 공부하던 함께성장인문학연구원에서 문우들과 그런 이야기를 나누니 다들 '대단한 아빠네.'라며 칭찬을 했다. 아이들이 아가였을 때 남편도 나처럼 좋은 아빠이고 싶어 나름, 노력을 했던 걸 알게 되니 아이들이 그런 아빠의 모습을 후일 기억해 주면 좋겠다는 생각이 든다.

또 나와는 체질이 달라 남편은 한 번에 많이 먹고 저녁밥을 먹을 때까지 허기를 느끼지 않는 식사패턴이었는데 남편은 내게 함께 식사를 할 때까지 배고픔을 참고 기다리라고 한 적은 한 번도 없었다. 그걸 알고 나는 먼저 이른 저녁을 챙겨 먹게 됐고 남편이 아이들 저녁을 먼저 챙기는 것이 고마워지며 새삼 남편이 달라 보였다.

그렇게 아이들이 어릴 때, 우리 가족의 식사 패턴이 자리를 잡을 때까지는 여러 에피소드가 있었다. 예컨대 나 혼자 하는 식사는 종종 때를 놓칠 때가 많았다. 어느 날, 그날도 밥 때를 놓치고 공복감을 달래던 차에 아이들이 그런 내 상태를 모르고 한쪽씩 손을 잡고 서로 자기가 원하는 곳으로 나를 끌고 가려고 했다. 안 그래도 배가 고파서 짜증이 마구 나던 상황이므로 "애들아! 엄마 몸은 하나야"라고 말하며 나도 모르게 목소리가 커졌다. 아이들이 장난을 심하게 칠 때면 늘 진정시키려 했던 내가 배가 고플 때는 순간적으로 화가 폭발해버린 거다. 그 와중에도 아이들에게 더 화를 내지 않으려고 자리를 피하면 엄마를 쫓아와 자기를 봐달라고 더 크게 우는 아이들! 배가 고파 화가 폭발하는 엄마를 붙들고 아이들이 엉엉 우는 아수라장. 육아를 경험한 독자라면 낯설지 않을 광경의 악순환이 반복되며 내가 고안한 해결책은 아주 심플했다. 허기를 느끼면 당장 먹을 걸 찾아 먹는 거다. 그때 비로소 포만감으로 안정을 찾은 나는 그제야 아이들을 달랠수 있는 힘이 생긴다는 걸 알아채며 나도 아이들에게 화를 내지 않게 됐다. 그러니 내 감정을 달래는 일을 소홀히 하지 않아야 아이를 존중할 수 있다는 걸 자연스레 알게 됐다.

좋은 부모가 되려면 내 몸이 하는 말에 먼저 귀 기울이기

그 후부터 먹는다는 의미는 단순히 배를 채우는 것 뿐 아니라 나를 챙기는 시간이 된 거다. 그로써 아이들을 안아줄 수 있는 여유, 엄마가 화를 내서 미안했다고 사과할 수 있는 여유, 그런데 신기하게도 어른으로, 엄마로, 내가 아이들을 그렇게 품어 주면 아이들 역시 떼를 써서 미안하다고 하는 거였다. 그저 내 배고픔을 해결했을 뿐인데 폭풍 같은 시간을 잠재울 수 있는 의미 있는 시간으로 돌아온 비결은 보채는 내 안의 나를 달래는 거였다. 내 배가 부르고 몸이 편하면서 아이들이 울고 짜증을 부려도 한 번은 참고 넘어갈 수 있는 여유가 생기는 거다.

엄마로서 아이들에게 좋은 것을 먹이고, 입히고 가르치기만을 위한 헌신이 아닌 나 자신의 몸을 돌보기가 우선시 되어야 했던 걸 간과하며 겪었던 시행착오. 아이들을 돌보는 엄마로서 무조건 아이들 먼저를 외치다 내 안의 내가 하는 말을 외면하면 더 공격적이고, 마음이 가난한 태도를 보여주게 됐던 거다. 음식에 대한 내 관심은 그런 계기로 시작 됐지만 더 많은 것들에 대한 탐구심을 가져보는 계기가 됐다. 그래서 나는 오늘도 이렇게 외친다. 좋은 부모가 되려면 내 몸이 하는 말에 먼저 집중하라고 말이다.

독박육아에서 벗어나는 법 배우기

얼마 전 신문에서 'MZ세대의 3요'에 관한 기사를 읽고 관심이 생긴 나는 검색을 했다. MZ세대는 2020년대 초반 기준으로 20대 후반에서 40대 초반에 해당하는 밀레니얼 세대(M세대)와 10대 초반~20대 중반에 해당하는 Z세대를 묶어 부르는 우리나라의 신조어로, 현재는 그 의미가 달라져 20대 젊은 사회인들을 가리키는 의미로 쓰이고 있다는 재미있는 이야기였다. 또 그들의 특성이 직장에서 받은 업무지시에 "이걸요?", "제가요?", "왜요?"라는 3가지의 질문을 하여 '3요'라고 불리게 됐다. 상사의 지시에 군소리 없이 따르던 기성세대와 달리 '3요'의 질문에 납득이 되는 답변을 줘야 업무지시를 받아들인 다는 거다. 이 기사를 접하며 직장 업무를 제대로 따져보는 MZ세대로 이해됐고 사람들의 의식도 많은 변화가 오고 있다는 생각이 들었다.

20년째 직장생활을 하는 중 나는 우리 회사문화가 보수적이라 그런지 아직 '3요' 질문을 하는 직원을 보지는 못했다. 하지만 머지않아 우리 회사에서도 상사의 업무지시가 부당하다고 느끼면 말만 안 할 뿐 태도로 볼 수도 있겠다는 생각이 든다.

그리고 내게 익숙하지 않을 뿐, 시작 전에 질문하고 할 일을 미리 이해하는 과정이 나빠 보이기보다 똑똑한 직장인의 자세인 듯싶다. 단지 나 때는 시키는 대로 말없이 업무를 다 한 게 좀 불공평하게 느껴질 뿐. 하지만 시간이 흐를수록 나도 '3요'라는 질문을 자신에게 하며 일을 하게 됐다. 그러다 어느 날, 이 질문을 직장뿐 아니라 가정에서도 할 수 있다면 좋겠다는 생각을 하게 됐다.

아빠 역할에 진심일 수밖에 없는 남자들

우리 집의 큰아이가 10살이 되며 10대에 접어들었다. 아이가 그렇게 성장하기까지 독박육아의 애환을 참고 견디는 시간을 보냈는데 내 주변의 여직원들 또한 다들 그렇게 살고 있다는 동지애를 더 많이 느꼈다.

그래도 요즘은 나와 다르게 워킹맘들이 지혜로운 출산 계획을 세우는 듯하다. 얼마 전에 만난 친구는 출산계획이 있었지만 홀로 감당해야 할 독박육아와 가사를 피하려 최소한 남편이 육아와 가사가 '당연한 내 일'이라는 생각을 할 수 있을 때까지 기다렸다고 했다. 또 출산을 한 후에도 친구는 엄마로서 아빠보다 더 많은 육아와 가사노동을 하게 되는 걸 설명하는 것에 그치지 않고 남편에게 당당히 보상을 요구했다. 이처럼 현명하게 독박육아에서 벗어나는 엄마들에게 나 또한 절로 응원의 마음이 커진다. 아이러니하게도 내 주변에 이제는 독박육아를 하소연하는 여자보다 자의든 타의든 아빠의 역할에 진심인 남자들이 힘들다며 둘째는 못 낳겠다고 말하는 모습을 종종 볼 수 있게 됐다. 출산 후 육아와 가사를 아내 혼자서 할 수 없다는 걸 이제는 인정했기에 육아에 무관심하던 남자들도 중요성을 알고 동참할 수밖에 없게 된 거다.

준비된 출산과 협업의 목표 세우기

새해 매스컴에서는 저마다 우리나라의 인구 밀도가 낮아지는 것을 이슈로 다루고 있다. 사실 여성들이 독박육아가 무서워 출산을 기피하는 현상이 우리나라의 인구 절벽을 불러왔다고 해도 과언이 아니다. 조금 더 일찍, 육아를 엄마만의 책임이 아닌 남편은 물론이고 주변 분들도, '아이는 어떻게 키워? 도와줄 건 없을까?'라고 손 내밀어 주었다면, 또 정부가 이민자 정책을 완화하는 걸 반대하는 건 아니지만 육아 돌봄 시스템을 강화해 현실적 지원책을 구멍 없이 촘촘히 마련한다면 신혼부부가 육아를 부담을 넘어 공포로까지 생각하지는 않게 될 것이다.

출산을 원하는 당사자들이 미리 만반의 준비를 해 출산을 한다는 거, 또 육아에 따른 역할 분담의 경계를 분명히 한 협업의 목표를 세우는 건 정말 필요하다. 그래서 나처럼 워킹맘인 또는 독박육아를 하고 있을 후배 맘들에게 전하고 싶다. MZ세대인 듯 '3요'를 외치며 분연히 독박육아에서 벗어나는 현명함을 절대로 미뤄 두지 말고, 지금 당장, 행동으로 옮기라고. 엄마가 건강해야 가정이 건강하고 그래야 내 아이들도 건강한 건 너무나 당연하니 말이다.

원가족으로부터 정서적으로 독립하기

내가 회사를 복직하며 얼마동안 친정 엄마가 집에 와서 아이를 돌보는 시기가 있었다. 월요일에 시골에서 올라오셔서 금요일 저녁에 내려가서 친정 아빠의 식사를 챙겨주는, 친정 식구들은 엄마가 힘들어서 안 된다고 반대한 일이었지만 딸과 손자들을 돕고 싶다며 만류를 마다하고 오셨다. 그때 퇴근 후 나는 엄마가 해주는 밥을 맛있게 먹을 수 있어 좋았고, 아이들도 어린이집에서 일찍 하원을 할 수 있어서 좋았다. 누군가가 집에서 나를 기다려주고 따뜻한 밥 한 끼를 차려주는 게 별거 아닌 줄 알았는데 새삼 그 가치를 느끼게 됐다. 그러나 자식을 도우려는 마음에서 시작된 일이었음에도 다 좋았던 건 아니었고 그 기간이 길지도 않았다.

장서간에는 친밀해 질 수 있는 시간이 필요해!

1년을 도와주겠다던 엄마는 세달 만에 내려가시고 말았다. 엄마와 함께 살며 한 집에서 시간을 보내는 사위와 장모에게도 이견이 생긴 거다. 부부간에도 다툼이 있는데 수 십 년을 다르게 살아온 어른과 젊은이가 의견이 다른 건 지금 생각하면 당연한 일이었지만 그때는 그 일이 참 속상했다.

예를 들면 엄마는 어느 날엔가 '출근하는 사위가 인사를 하지 않는다며 자신을 무시해서 그런 거 아니냐'고 하셨다면 남편은 '장모님이 아침부터 바쁘셔서 인사드릴 틈이 없었다'고 한 거다. 딸과 엄마 사이라면 말하며 풀고 지나갔을 일이지만 사위와 장모의 사이는 갑자기 살가워질 수는 없는, 노력이 필요한 거였다.

아이들의 양육을 위해 모인 사람들이기에 남편은 아이들의 청결을 담당하고 엄마는 건강한 밥상을 책임지고 나는 책 읽어주는 엄마가 되려고 노력해 그 모든 보살핌을 아이들이 받기를 바랐는데 쉽지 않았다.

서로 상대방의 다름을 이해하기에는 시간이 부족해 문제가 생기면 그 두 사람의 중간 지점인 내게 이야기를 했는데 이 포지션이

나로선 참 어려웠다. 왜냐하면 나는 갈등상황에도 웬만하면 참고 말을 안 하는 회피성향인데 두 사람이 갈등을 호소하니 감당하기가 벅찼다. 중재자로서의 입장이 괴로워 생각다 못해 선배 워킹맘에게 조언을 구하니 사람마다 육아관이 달라서 존중할 수밖에 없다고 했다. 엄마가 오셔서 몸은 확실히 편한데 마음은 가시방석에 앉아 있는 듯 불편했던 그 시간은 천천히 흘러갔다.

그때 내 솔직한 심정은 아내와 아이들을 생각해서 남편이 조금만 지혜로웠으면 하는 거였다. 남편이 본래의 성격에서 한 걸음만 나와 어른에게 유연하게 아들처럼 한 걸음만 다가가도 비슷한 성향의 엄마도 훨씬 부드러워 질 수 있고 우리가족이 다 편안해 질 수 있는데 라는 생각에 참 아쉬웠다. 그러나 돌아보면 사위에게 장모는 아직 잘 알지 못해 어려운, 어른일 뿐이었는데 내가 과한 바람을 가졌던 거였다.

또 엄마가 오시지 않게 되면서 이 모든 일은 내가 부모님께 의지하고 싶은 마음에 생긴 일 이었다는 생각이 들었다. 어쨌든 그 일을 계기로 엄마가 매주 시골집과 딸네 집을 오가는 고생을 멈추셨고 나 역시 내가 함께 할 사람은 부모, 형제가 아닌 배우자와 자녀라는 걸 깨닫게 됐다. 엄마에게도 자신의 인생이 있었는데 그보다도 우선순위로 자식을 돕고자 했던 거였다. 손자들의 웃음과 딸의 감사하다는 말로 다 갚을 수 없는 사랑을 주신 거였다. 남편과 화목하게 아이들을 양육하는 게 성인이 된 내가 할 일이었고, 부모님을 자주 찾아뵙는 걸로 우리를 도와주고자 했던 엄마의 마음에 보답하기로 결심했다.

그 후 시골로 내려가신 엄마는 노인대학을 다니며 각종 모임에 참석하고 틈틈이 농사일을 하느라 바쁘셨고, 아빠의 밥상을 책임지는 자신의 일상으로 돌아가셨다.

최선을 다해 전하는 내 사랑

자식의 일에 누구보다 앞장서서 도와주려고 했던 엄마, 그런 엄마의 도움을 당연하게 생각했던 나. 도대체 부모자식의 관계가 뭐라고 그런 도움을 당연하게 생각했던가. 부모 자식을 천륜이라 부르는데 어학사전에는 '천륜'은 '부모 형제 사이에 마땅히 지켜야 할 도리'라고 정의하고 있다. 내가 지켜야 할 도리, 또 나와 엄마의 관계를 어떻게 유지해야 할까?

나를 낳아주고 길러주신 부모님이 말씀하시면 다 들어줘야 하는 거라고 생각했다. 지금까지의 나를 만들어 주신 분이기에 당연히 해야 하는 효도라 여겼다. 또 힘들어도 힘들다는 말을 안 하는 첫째 딸이 워킹맘으로 고생한다며 도와 주려했던 엄마의 사랑이 특별했기에 엄마가 그랬던 것처럼 나 역시 엄마의 일은 모두 내 일이라고 생각하게 됐다.

그런데 일련의 시행착오를 겪으며 깨달은 건 우리 모두는 각자의 인생이 있다는 거다. 서로의 인생을 존중하며 만나면 즐겁게 그 시간에 충실하고, 어려운 일이 생기면 돕고, 기쁜 일은 함께 하며, 그렇게 부모 자식 간의 정을 나누며 평생을 봐야할 가족이었다. 그래서 명절이나 생일 등 특별한 일이 없어도 나는 매달 손주들과 부모님을 찾아뵙는다. 부모님과 함께 좋은 풍경을 보고 맛있는 음식을 같이 먹는 시간, 손주들과 계실 때 보여 주시는 그 따듯한 미소, 앞으로 얼마나 더 건강하실지 아무도 모르지만 오래, 건강하게 그 행복을 누려 드리고 싶다. 한 달에 한 번씩 휴가를 내서 자주 부모님을 뵙는 거, 내가 최선을 다해 전하는 부모님에 대한 내 사랑이다.

역할보다 나 먼저 사랑하는 법

이제는 가정생활에 적응이 될 법도 한데 마흔이 되면서부터 내게는 가끔 욱하는 마음이 올라왔다. 아이 양육하랴, 직장에도 충실하랴, 어느새 지친 몸이 감정으로 표출되기 시작한 거다.

엄마가 워킹맘이어서 혹시 놓치고 있는 건 없을까라는 미안함에 아이의 요구를 웬만하면 다 들어주려 했고, 남편과는 갈등을 빚기 싫어 내 속마음을 매번 말하지 않는 일이 늘어났다. 그러다 보니 나도 모르게 어떤 상황에서 화가 나 감정이 요동을 치는 거였다. 어느 날, 그날도 치미는 화를 가까스로 가라앉히며 더 이상 이렇게 살아서는 안 된다는 생각을 했다.

화에 질식당해 나는 물론이고 아이와 남편, 가정전체에도 큰 영향을 끼칠 것만 같은 이 감정의 상태에서 어떻게든 벗어나야 했다. 그래서 나는 우선 가사 일을 가족들과 나누기로 했다.

가족에게 할 일을 나누어 주다

직장에서 돌아와 지친 몸으로 식탁을 차리며 숟가락까지 놓으려면 몸이 솜처럼 무거워지곤 했다. 나는 우선 아이들에게 식탁을 차릴 때 숟가락 놓기나 물컵 놓기 등, 아이들이 할 수 있는 일을 분담해 주었다. 가족의 일원으로서 마땅히 해야 하는 집안일에 대해서 가르치기 시작한 거다. 아이들은 생각보다 곧잘 할 일을 하며 책임감도 생긴 듯했다. 그러면서 아이들은 같이 밥상을 차리고 청소도 하고 빨래도 갠다. 아이들과 그렇게 함께 가사 일을 하다 보면 밖에서 지쳤던 내 마음도 어느새 편안해지곤 했다.

혼자 동동거려도 아이들은 앉아서 받아먹으며 힘든 엄마를 이해하기는 어렵다는 걸, 더 일찍 알았어도 좋을 뻔했다. 내가 가르치지 않는 한, 아이들은 엄마가 힘들게 식탁을 차려도 그것을 너무나도 당연하게 여긴다. 그냥 엄마는 모든 걸 다 해 주어야 하는 사람이라고 생각하게 되는 거다.

그러니 내가 만든 가족이 나를 돕지 않아 세상에서 내가 제일 불쌍한 듯해 정말 외로웠다. 그런데 내 몸이 힘들다고 신호를 보낼 때부터 무엇이 문제인지 얼른 살펴, 어떻게 그 문제를 해결할 것인가를 적극적으로 연구했어야 했다. 내 화가 조금씩 잦아들어 아이들에게 조곤조곤 말할 수 있게 되며 그걸 알게 된 거다.

가족을 돌본다는 이유로 내 어깨에 그들의 돌봄을 짊어지며 거절을 못 하는 건 결국 내 에너지를 소진 시키는 거였다. 엄마와 아내의 역할에 매몰되어 자기연민에 빠져도 아이들은 어느덧 한 살 두 살 나이를 먹으며 성장했고 세상은 너무도 평온했다. 누가 내게 그렇게 살라고 했던가? 처음에는 남 탓을 했지만, 곰곰 생각해보니 역할의 범위를 정하지 않고 엄마와 아내의 삶을 우선순위로 두고 살았던 결과가 가져온 공허함이었다. 나를 먼저 돌보면서, 그래도 나는 여전히 아이들을 사랑했고 남편을 존중했다. 변화라면 내가 할 수 있는 일과 없는 일을 구분 지었다는 거다. 그래야 우리 가족이 함께 멀리 갈 수 있을 테니.

나를 사랑하기로 했다

충분하지 않아도 가족들의 가사분담이 이루어지며 나는 어느덧 조금씩 여유가 생겼다. 내가 가족들도 알아차리지 못하는 헌신을 한다고 생각하며 내 욕구를 모른체한다고 가정이 안정적이 되지 않는다는 걸 알게 된 나는 이제 내가 무엇을 하고 싶은지 정리 해 봤다.

결혼 전 나름 스타일리시 하다는 이야길 들었던 나는 결혼 후, 내게 제일 인색했다. 무신경하게 두었던 머리, 유행이 지난 상의. 그동안 내버려 두었던 나를 외적으로 돌보기로 했다. 아이들 옷만 사던 내가 마음에 드는 내 구두와 옷차림에 돈을 썼다. 그러자 어제까지 가족 중심이었던 일상이 나를 중심으로 보이기 시작했다.

나를 외적으로 가꾸며 행복해지는 건 물론 내적으로도 우선 나부터 사랑하기로 결심했다. 사람이 어렵다고 고립을 자처하고, 내가 받은 상처를 해결하지 못해 가슴속에 묻어 놓고, 사람을 용서하지 못하는, 그러면서도 정작 스스로도 마음에 들지 않은 나를 사랑하기로 했다. 때로 고집불통이기도 때로 휴머니즘이 넘치기도, 모든 것을 완벽하게 하고 싶어 동동거리는 조금은 불균형적인 나를 누가 사랑해 줄 때까지 기다리지 말고 그냥 나부터 온전히 사랑해 보기로 했다.

마음을 그렇게 다지며 나는 정말로 좀은 예전의 당당했던 나로 돌아간 듯했다. 일상에 치여 동동거리는 마흔의 여자가 아닌, 누군가로부터 사랑받고 있어 여유가 생긴 그런 모습. 아침 바쁜 출근길에 마주하는 거울 앞에서 더 이상 너에게 점수를 매기지 말 것, 하루 한 번, '너를 사랑해'라고 말할 것 등을 되뇌여 본다. 많은 사람을 만나며 공부해 오신 정예서 스승님은 나를 볼 때마다 '너처럼 치열하게 열심히 사람을 사랑하는 사람이 없다', '정말 잘살고 있다'고 매번 말씀해 주셨다 처음에 그 말을 들을 때는 내가? 무슨? 그런 생각이 들었지만 지금의 나는 이제 안다. 내가 얼마나 매 순간을 열심히 살아왔는지. 그 말씀이 사실이라는 걸, 그렇다, 나는 정말 열심히 살아왔고 앞으로도 그럴 것이다. 왜냐하면 그래서 지금의 나를 사랑 할 수 있게 된 것이어서 말이다. 나는 오늘 바이올렛 스카프를 두르고 구두를 신고 연구원에 인문학 공부를 하러 간다. 하지만 그 또한 나를 사랑 하는 건 물론 그렇게 동서양 철학을 읽으며 깨달은 지혜를 우리 아이들에게 남편에게 실천하고자 해서 오늘 더 내가 예뻐지고 있다는 것 또한 잘 알고 있다. 이렇게 '나 사랑하기'로 넉넉해진 마음으로 내 아이, 남편과 우리 가정은 선순환으로 서로를 나날이 더 사랑하게 될 것이다.

도망가고 싶었던 육아사막이 나를 키운 건!

결혼을 일생의 과제로 생각했던 내가 어느덧 두 아이의 엄마가 되었다. 그러면서 나를 중심으로 살아왔던 나는, 나로 인해 구성된 가족에 대해 더 많이 탐구하게 됐다. 또 아이를 잘 키우려면 어떻게 하고 무엇을 물려줘야 하는지 스스로에게 질문하게 된 거다. 처음에는 어려서 내가 받지 못했다고 생각했던 부모님의 관심과 사랑을 아이에게 주고 싶었다. 그래서 아이와 모든 것을 함께 하면서 책을 읽어주고 사랑한다는 말을 자주 하면 좋을 거라는 막연함이 있었다.

엄마가 할 일은 많기도 많다

어쩌다 보니 교육열이 높은 서울 시내의 대단지 아파트에 살게 된 우리 가정, 아이는 학생이 많은 과밀지역의 초등학교에 입학했다. 그래서 신학기 등하교 시간, 교문 앞은 학생만큼 학부모들로 인산인해다. 특히 하교하는 아이들을 기다리는 엄마들이 각반별로 길게 줄을 섰고, 그런 부모들이 유별나다 싶다가 내 아이가 저 집 아이들과 친구가 되어서 놀아야 된다는 걸 깨달았다.

나는 이 시기에 아이의 친구 엄마들과 친해져야 했는데 그러질 못한 거다. 워킹맘으로 가정을 꾸려나가는 내게 인간관계는 시간적으로도 참 어려웠다. 그 때문에 최소한의 사람만 만나며 다른 엄마들과의 관계까지 신경 쓰고 싶지 않았다.

그래도 아이가 초등학교에 입학하면, 엄마로서 내가 하고 싶었던 게 있었다. 아이를 서당에 보내고, 반 축구에 참여시켜 아이가 인문학을 배우고 친구들과 운동하며 건강하게 자라기를 바랐다. 서당은 찾아서 잘 보냈는데 같은 반 엄마들의 연락처를 몰라 아이를 반 축구에 보낼 타이밍은 놓치고 말았다. 대신 방과 후 교육 과정에서 축구를 하게 되어 그나마 다행이었다.

그런데 사정을 모르는 아이는 어느 날, 다른 친구들은 다 반 축구를 하는데 엄마가 보내주지 않아서 축구를 못 하는 거라고 화를 내는 게 아닌가? 알고 보니 하교 후 친구들과 축구를 한 아이가 반칙을 했다는 말에 기분이 상해 엄마에게 화풀이를 한 거였다. 그런데 엄마들의 모임에 끼지 못해 속상했던 내가 엄마 때문에 축구를 못했다는 아이 말이 가시가 돼 박힌 거다. 마음을 추스르며 다시 생각해보니 다른 엄마들에게 우리 아이를 끼워달라고 부탁해야 하는 게 내가 해야 할 일이었다. '으이그, 엄마가 할 일은 참 많기도 많다' 내심 궁시렁 거리며 놀이터에서 같은 반 엄마들을 만나려고 주변을 살펴 내가 먼저 친해지려고 했다. 그러다 그 노력이 드디어 결실을 맺어 자리가 없다던 셔틀버스를 타고 아이가 축구를 하러 갈 수 있게 됐다. 그때 아이가 소외감으로부터 벗어났다는 안도감이 들어 나는 아이를 축구교실에 합류하게 해 준 그 엄마에게 만날 때마다 고맙다는 인사를 했다.

다른 아이들은 바쁘고 힘들다는 이유로 그만두는 축구가 뭐라고 내겐 사실 이 문제가 무척 고민이 됐었다. 만약 내가 학기 초에 다른 엄마들과 친해졌다면 훨씬 용이하게 아이가 참여했을 활동이라고 생각해서 더 그랬던 거 같다. 어쨌든 나는 초등학교 저학년 활동이 엄마들과의 사교에서 결정되는 걸 보며 그 영향이 얼마나 센지도 경험했다.

반 축구를 시작했다고 축구 실력이 크게 늘지는 않았지만 자신감이 붙었는지 아이는 조금이라도 공을 더 차려는 적극적인 태도를 보였다. 결과적으로 신속하게 엄마가 반축구를 신청해주어 경험을 시켜야 하는 거였다. 곧 초등학교에 입학할 작은아이에게는 시행착오를 하고 싶지 않아 나는 아이가 학교 입학 후, 이번에는 내가 먼저 엄마들에게 반 축구 결성제의를 했고 결과는 성공적이었다.

아이가 자라는 만큼 부모도 성장한다

이렇게 아이 교육을 위해 내성적이고 말수 적은 나도 어느덧 더불어 사는 삶의 힘을 알게 된 거다. 인간관계를 어렵게만 생각하고 타인에게 말을 거는 게 여전히 망설여져도 아이를 위해 사람들에게 먼저 다가가게 된 나! 아이 양육으로 일어난 내게는 엄청난 변화였다.

이제는 처음 사람들과 얼굴을 익힐 때의 부자연스러움이 많이 자연스러워 졌다. 나아가 아이의 친구 엄마들과 만나면, 먼저 질문을 하며 대화를 하게 된 거다. 그러면서 나는 오가는 말의 중요성을 아이들에게도 이르게 됐다. 아이가 친구들과 거칠 것 없이 이 시기를 어우러져, 잘 놀아 좋은 기억을 많이 남기기를 바라게 된 거다. 그래서 나는 친구 사이의 예의와 고운 말의 소중함에 대해 늘 주지

시킨다. 예컨대 '고마워'라는 고마움의 표현, '미안해'라는 결례를 한 사람으로서의 확실한 표현, '괜찮아?'라는 배려의 관찰. 또 먼저 다가가서 '같이 놀자'라는 초대를 할 수 있기를 지속적으로 가르치는 거다.

내가 생각만 하고 선뜻하지 못했던 표현의 태도를 아이들에게 가르치다 보니 수줍고 용기 없던 나도 적극적으로 매일 얼굴을 보는 남편과 아이들에게 우선적으로 이 말들을 하려 노력하게 된다. 그러다 보면 우리 부부가 아이에게 따로 가르치지 않아도 보고 배우게 되는 날이 올 것이다. 나만 생각하던 내가 부모의 역할을 하면서 어떻게 살아야 하는지를 자꾸만 나아가고, 나아가는 생각을 하게 됐다. 힘겹고 감당하기 힘들었던 생전 처음 하는 부모 역할, 그 작던 아가들이 자라 어느덧 초등학교에 입학하고 나니 나도 이제 초등학교 학부모만큼 성장해 여유가 생긴 거다. 그래서 육아 사막에 매몰된 후배 워킹 맘들에게 한없는 응원을 보낸다. 아이가 자라는 만큼 반드시 나, 우리 부모도 성장한다는 걸 믿으시라고!

엄마 사람이 아닌 나로 살기

그렇게 원하던 아이가 태어나자 처음 엄마가 된 나는 아이를 양육하는 것만이 인생의 전부인 줄 알았다. 또 아이가 많으면 좋겠다는 생각에 둘째까지 출산해 생활의 중심은 자연스럽게 아이가 될 수밖에 없었다. 직장은 또 다른 의미로 내게는 중요한 곳이었기에 주어진 환경을 열심히 살았다. 그런데 어느 날 책을 읽다가 가슴 속에 가시처럼 박혀온 문장처럼 나는 주변에 사람을 두지 않고 있었다. 내 역할 속에서 날마다 사람들을 만나고 있는데 역할 밖을 벗어난 나는 따로 연락을 하거나 만나는 사람이 없었다.

유일한 취미가 사라진 오후의 현타

어느 토요일 오후 남편과 아이들이 야구를 하러 나갔다. 내 유일한 취미는 아이와 함께 보내기였는데 그 취미가 사라져 혼자만의 자유 시간이 생겼지만 막상 만날 친구도 없고, 무얼 해야 할지 몰랐다. 텔레비전을 봐도 비슷한 내용에 멍하니 앉아 있으며 역할에서 벗어난 나는 뭔가, 내게 재미있는 건 뭘까, 어떻게 살아야 하나를 생각하게 됐다. 그러다 결혼 전에 내가 어떻게 살았나를 회상해 보니 나는 책을 읽고 사람들을 만나서 공부하는 걸 좋아했다.

그리고 나를 힘들게 한다고 생각했던 내가 만든 가족은 어느새 따뜻함을 주는 안식처가 됐다. 이제는 내가 진정하고 싶은 것을 욕심내도 될 거 같은 마음의 여유가 생긴 거다. 그래서 언제 보람을 느끼는지를 곰곰이 생각해보니 역시 독서와 공부였다. 사람, 역사, 자녀교육, 부동산, 돈에 대한 공부 등등. 내가 할 게 없는 게 아니라 하고 싶은 게 많았다. 꾸준히 공부하는 사람은 자존감도 높다고 하니 지금의 내게 공부는 꼭 필요했다.

읽고 쓰며 공부 나누기

독서를 하다 보면 반복돼서 들려오는 말 중 누구나 아침에 한 시간씩 일찍 일어나 공부를 하기 시작하면 인생이 달라진다고 한다. 작심삼일이라도 반복하면 습관이 된다는 거다. 그래서 나는 앞으로도 그래 온 것처럼 독서를 계속하며 글을 쓰기로 했다. 『나를 세우는 네가지 기둥』 대학원에서 인문학을 공부하며 강사과정을 이수한 것도, 이렇게 첫 책을 출간하게 된 것도 계속해 온 공부의 연장선상에서 일어난 일이다. 학우들과 또 선생님과 공독을 하고 스터디를 하며 얻은 시너지는 내 삶의 자양분이 됐다. 그 공부를 회사 정년퇴직 후에 여러 사람과 나누려 한다.

그래서 생활 속에서 내가 실천할 수 있는 인문학, 내가 책에서 배운 삶의 지혜를 가족과 나누고 직장동료에게 전하며 엄마 사람으로 살아가 볼 것이다. 직장에서도 따듯한 대화로 얼마나 일이 재미있어지는지도 알게 됐으니.

날마다 똑같은 일상 속에 희망이 없고, 사는 게 내 마음처럼 안 된다는 생각이 들 때 삶을 공부하기. 엄마의 역할만이 아닌 내 도반을 만나는 또 하나의 문을 여는 법. 문제가 생기면 책을 통해 해결해 왔듯 앞으로도 나는 꾸준한 공부로 나를 사랑하며 다른 사람을 도우며 살고 싶다. 그것이 나의 정체성이라고 생각하며 뚜벅뚜벅 앞으로 걸어갈 것이다.

현명한 워킹맘 생활의 비결

작은아이가 유치원을 다녔던 시기에도 나의 퇴근은 아이들의 하원 시간으로 이어져 여전히 한숨을 돌릴 수 없었다. 뿐만 아니라 아이들을 조금이라도 일찍 하원 시키기 위해 퇴근과 동시에 지하철을 향해 달리기를 해야 했는데, 숨차게 달리면서도 제일 늦게 하원을 하는 아이들에게 한없이 미안했다. 9시에 출근하고 4시에 퇴근하는 육아기 단축근무를 해 아이의 하원시간이 다른 친구들에 비해 상대적으로 늦을 뿐, 늦은 시간이 아닌데도 나는 마음의 부담을 내려놓지 못한 거다.

사정이 그럼에도 아이들의 등원은 아빠가, 하원 후부터는 엄마가 아이들을 돌보며 주변의 도움 없이 우리 가족만의 힘으로 일상을 살아낼 수 있었다.

소속감을 주는 직장이 중요해

아이들이 더 성장한 지금은 이렇듯 편하게 이야기할 수 있지만 내게는 임신과 출산으로 인한 5년의 전업주부 시절이 있었다. 돌아보면 출산으로 인한 가정 내의 역할 변화에 적응하고 남편과 더디게 지나간 불통의 시간은 내게는 참으로 인고의 시간이었다.

또한 경제적으로도 안정되지 않은 상황이어서 소속감을 주는 직장이 내게는 매우 중요했다. 그 때문에 나는 복직을 했고 아이양육과 직장생활을 병행하는 것이 쉽지 않았으나 경제활동을 하는 동안 나는 심리적 안정이 돼 갔다.

그래서 직장이 고마웠던 나는 직장생활을 잘하는 유능한 팀원이고 싶었다. 나는 어떻게 하면 가사노동을 줄일 수 있을까 궁리 끝에 가사노동을 효율적으로 도와줄 기계 이모님이라고 불리는 가전제품을 구입하는 선택을 했다. 로봇청소기, 식기세척기, 건조기 등 사실 그 편의성으로 인해 가사노동은 현저히 줄었지만 그래도 엄마 손으로 해야 할 일로부터 완전히 자유로울 수는 없었다. 그럼에도 가사일 중 아이들의 저녁밥을 우선순위로 두고 어떻게든 저녁은 꼭 해 먹이려 노력했다. 하지만 잘 먹지 않는 아이들에게 밥을 먹이는 게 제일 힘들었다. 맞벌이인 우리 부부는 아이에게 올바른 식습관을 가르칠 여유가 없었던 거다. 밥 먹는 시간도 늘 조급함 속에 일상을 유지해 나가야 했다.

이 외에도 여러 힘든 점들이 많았지만 워킹맘인 내게 제일 큰 고충은 엄마로서 함께 있고 옆에서 보살펴주고 싶은데 아이를 기관에 장시간 맡긴다는 미안함이 컸다.

남편과 사이좋게 지내기로 결심하다

워킹맘은 경제활동을 하고 육아도 해야 하니 아이들이 성인이 되기까지 어느 정도 고생을 감수해야 하는, 아마도 인생에서 제일 바쁜 시기이지 않을까? 왜 나만 이렇게 힘들어야 하느냐며 남편과 부부싸움을 할 수도 있다. 이때 우리는 그 싸움의 원인으로 감정도 잘 살펴야 하지만, 체력의 분배, 시간의 분배도 잘 살펴봐야 한다. 그러면서 나는 상대에게 특히 아이 아빠, 내 남편에게, 우리가 서로의 노력을 당연하게 생각하며 감사의 말을 하지 않는다는 것도 알게 됐다. 서로에게 감사의 말을 하는 게 어렵고 어색했던 거다. 하지만 아이를 잘 키우기 위한 공동의 목표를 가진 남편과 사이좋게 지내야 한다는 지혜를 결혼 10년이 되며 절실히 깨달아 이제는 노력하는 마음이 그다지 어렵지 않다.

화목한 가정을 위한 현명한 비결

각자 자신이 처한 환경과 성격에 따라 선택할 수 있는 건 모두 다르다. 그런데 어떤 가정에도 부합되는 가정을 화목하게 하는 현명한 비결이 있다. 그것은 바로 남편, 또는 아내와 사이좋게 지내며 파트너십을 유지하는 거다.

그러면서 나는 연구원에서 인문학을 공부하며 알게 된 상경여빈(相敬如賓)이라는 사자성어를 마음에 간직하게 됐다. '부부 사이에도 서로를 손님처럼 대하는 관계'로 살 수 있다면 내 마음처럼 안 되어 싸우고 싶어지는 남편을, 이황선생님이 손자에게 알려준 말대로라면 손님처럼 존중하며 바라봐야 했던 거다. 나는 남편과 마찰이 있을 때마다 이 말을 떠올리며 감정을 식힐 수 있었다.

슈퍼우먼 콤플렉스 내려놓기

남편에게 아이들의 학업을 위임할 수 있었던 나는 가족의 저녁밥과 가사노동에 집중했다. 그리고 휴식 시간을 만들었는데 처음부터 그랬던 건 아니어서 슈퍼우먼처럼 모든 것을 내가 혼자 해결하려고 했다. 직장에서는 능력을 인정받는 직원이 되려 했고 퇴근 후에는 아이들의 놀이에 동참하고 영양이 풍부한 저녁 밥상을 차리고 공부까지 봐주려고 했다. 하지만 그렇게 하다 보니 내 일은 결코 끝나지 않았다. 못한다는 말도, 거절할 줄도 알아야 했는데 모든 걸 다 잘하려 하니 과부하가 걸린 거다. 나는 가정에서 무엇이 더 우선순위인지를 정하고 가장 중요한 일부터 해나가기로 했다. 내가 아니어도 되는 일, 남에게 부탁할 수 있는 일 등을 구분하기 시작했고, 나는 비로소 좀 여유가 생겼다.

하나부터 열까지 모든 것을 잘하려고 했던 슈퍼우먼 콤플렉스에서 벗어나기, 그 시작은 위에서도 말했듯 우선순위를 정하고 중요하게 생각하는 것만 하고 나머지는 위임해보는 거다. 그럼 타이트했던 일상에 숭숭 바람구멍이 생겨 훨씬 나를 여유롭게 한다. 오늘도 종종거리는 워킹맘의 일상을 사는 후배맘이 있다면 일단은 우선순위를 구분해 보시길 권한다.

나는 불평 전, 요청할 수 있는 엄마!

우리 집 안방에는 매트리스만 2개가 있다. 신혼 시절에 남편과 쓰던 침대를 온 가족이 함께 자는데 매트리스만 있는 게 나을 듯해 프레임은 버렸고 매트리스를 하나 더 구매했다. 또 가끔 뛰고 싶어 하는 아이들에게 매트리스는 좋은 대안이 되어 그 위에서 아이들이 놀곤 했다. 아이들이 마음껏 놀 수 있도록 단독주택에 살고 싶었던 우리 집에 그 차선이 된 거다.

그런데 심사숙고 끝에 고른 매트리스는 기존의 것과 높이가 맞지 않았다. 높이가 상당해 쿠션이 좋아 고가의 매트리스였음에도 살짝 아쉬운 구매였지만 그럼에도 우리가족의 꿀잠을 한동안 책임졌다. 나는 큰아이와, 남편은 작은아이와 잠들곤 했는데 어느 날부터 남편이 거실로 나가 취침을 했다. 저녁이면 피곤해서 일찍 자야 하는 나와 일찍 자고 일찍 일어나야 하는 아이들과 달리 남편은 야행성이었다. 잠이 오지 않는데 남편은 억지로 아이들의 수면시간에 맞추려 노력했던 거였다. 처음엔 아이를 재우고 텔레비전을 보다가 남편이 거실에 잠자리를 만들며 안방에는 나와 아이들이 같이 잠을 잤다. 그러다가 자기 방을 갖고 싶다는 큰아이에게 침대를 사주며 안방에서 독립을 했고 이제는 작은아이와 도란도란 이야기를 나누다 잠이 들곤 했다.

그게 뭐라고 못 바꾸나?

그것도 잠시, 혼자 자기가 무섭다며 큰아이가 다시 내 옆으로 왔다. 양옆에 좌청룡 우백호처럼 든든한 아들이 있다고 생각할 수도 있지만, 넓지 않은 매트리스에 옹기종기 자야 하는 상황이 달갑지만은 않았다. 큰아이를 다시 독립시키고 작은아이도 독립시키고 싶은 마음이 컸던 거다.

주변에는 유치원 때부터 아이들 수면독립에 성공하는 집이 있던데 내게는 먼 나라 이야기였다. 그리고 해가 바뀌고 내 생일, 나는 그 환경을 바꿀 수 있는 선물을 스스로에게 하기로 했다. 그리고 드디어 새로 배송될 매트리스 두 개를 기다렸고 남편은 매트리스를 어떻게 버려야 할지 생각하기 시작했다.

어쩌면 제일 좋은 건 아이들을 모두 각자의 방으로 독립을 시키는 거지만 엄마와 잘 거라서 방이 필요 없다는 작은아이, 겨울에만 자기 방이 추워서 엄마와 자는 거라며 여름이 되면 나가겠다는 큰아이. 그 때문에 나는 매트리스를 교체하여 이 불편한 상황에 편의성의 변화를 준거다. 이제 나는 아이들이 스스로 독립하겠다고 할 때까지 함께 잠들 생각이다.

나는 '트래픽 파이터' 였다

'트래픽 파이터'는 현실에 불평불만만 하고 변화하지 않는 사람이라고 한다. 불편하면 개선하고 바꾸면 되는데 말로 하는 불평불만으로 내가 할 일을 다 했다고 여기는 게으른 태도. 내가 바로 그런 사람이었다. 불편을 참고 참다 드디어 구입한 매트리스뿐만 아니라 일상에서 답답했던 내가 참 많았다. 친정에서 농사지은 쌀을 보내주시며 돌을 잘 걸러서 먹어야 했던 쌀이라 체를 함께 주셨다. 부모님이 주신 건 사랑과 정성이었는데 내가 느끼고 감당한 건 불편함이었다. 늘 바쁜 워킹맘인지라 번거롭게 밥을 해야 하는 쌀이 받고 싶지 않다는, 돌을 씹는 상황에서도 거절의 말을 못 했다. 그냥 시중의 쌀을 사 먹으면 되는데 굳이 왜 보내시나라며 오만가지 생각을 하며 불평했다. 하지만 이제는 내 의견을 예의 있게 전달하며 거절할 줄 알게 됐다.

남편과도 그랬다. 내 부모와 형제들을 만나는 일에 나를 돕지 않는다고 서운해하며, 제부들의 장점과 남편의 단점을 곱씹으며 마음에 담아두곤 했다.

어느 날, 눈에 띈 『탈무드』에는 이런 문구가 있었다.

"인간이 두 개의 눈을 가지고 있는 이유는, 한쪽으로 자신의 결점을 살피고, 다른 한쪽으로는 타인의 장점을 보기 위해서라고 한다."

애시당초 내 한쪽 눈으로 남편의 장점과 다른 한쪽으로 내 결점을 본다면 불평불만을 할 일이 없었던 거다. 그렇게 그 말을 받아들이고 나니 남편을 이해하고자 하는 마음이 생겼고 드디어 사랑하고자 하는 마음이 조금씩 커졌다. 이제는 남편이 내가 돌아갈 내 집이라는 생각이 들기까지 한다.

모처럼 일요일 나만의 개인 약속이 생기면 나는 토요일 하루를 먼저 가족을 위해 봉사하기로 했다. 금요일 저녁부터 토요일 아침에 가야 하는 눈썰매장을 검색해 둔다. 늦잠꾸러기 가족들을 간신히 깨워서 일찍부터 움직여 외식을 했고 또 오후에 야구를 하는 가족들을 도왔다. 또 저녁까지 든든히 가족의 밥상을 책임지고 설거지를 하려는데 피곤함에 짜증이 확 밀려왔다. 나는 내 마음을 살피며 최대한 부드럽게, 그러나 기대는 하지 않고 아이에게 빨래 개기를 요청해 본다. 그러자 아이가 흔쾌히 일어나며 그러겠다고 대답을 한다. 그렇게 가사를 하는 아이를 보며 갑자기 피곤이 싹 사라진 듯 했다.

불평을 할 때 나를 잘 살피고 어떻게 이 상황을 함께 나눌 수 있을지를 다시 여유 있게 생각해 요청을 하는 거, 힘이 들 때 짜증내며 인상 쓰는 엄마가 아닌, 더 어른답게 스스로의 마음을 잘 살펴 가족에게 부드럽게 요청하는 엄마의 이미지는 어부지리로 얻어 가는 지혜로움인 듯 해 나는 이제 화가 날 때 나와의 대화를 먼저 해 보게 됐다.

또 기부하는 과정이 번거로워 예전부터 마음만 있고 실천을 못 했던 머리카락 기부를 했다. 미뤄왔던 일을 하기로 하며 긴 머리카락을 잘라 기부를 하는 행위에 대해서, 머리를 자른 후의 헤어스타일에 대해서 아이들과 오래 이야기했다. 어떻게 다른 사람들과 우리가 가진 것을 나눌 수 있는가에 대해 가르치는 것도. 또 예쁜 엄마를 좋아하는 아이들의 의견을 귀담아듣는 잔잔한 시간. 나 역시 바뀌게 될 내 모습을 기대하며 트래픽 파이터였던 나와의 이별을 고한다. 일석이조의 효과가 있는 내 헤어스타일 변화는 반응도 좋아 정말 실행하길 잘했다고, 내게 인사를 한다. '이제 더 이상 혼자

속 끓이지 않는, 망설이지 않는 너. 오늘 좀 예뻐 보인다. 잘 하고 있어. 개구쟁이 형제들의 엄마로, 아내로, 그리고 '너'로서도. 내일도 파이팅!' 이라고.

Part
5

너는 이런 사람이 되었으면 좋겠어

| 나의 바램 |

가치관 훈육은 쉽지 않아!

아이들이 내게 종종 "엄마 나 이거 사고 싶어!"라며 장난감을 사달라고 하면 나는 늘 아이들에게 돈이 없다고 말한다. 정말, 장난감을 사줄 돈이 없어서 그랬다기보다 아이들 장난감 사는데 돈을 지출할 계획에 맞추기 위해서였다. 사실, 아이들의 장난감을 나이별로 장만하려면 한도 끝도 없기에 어느 순간부터 나는 장난감을 구매하는 횟수를 정해 두고 있었던 거다.

또 나는 아이들에게 중요한 걸 인지시키듯 '엄마는 장난감이 아니라 책을 사주는 사람'이라고 거듭거듭 말해 주었다. 그러면서 선물은 어린이날 등 특별한 날에 아빠가 사주는 거라고 아이들을 달랬다. 아이들에게 장난감 대신 책을 많이 사주고 책 읽는 아이들로 만들고자 하는 게 내 바람이었던 거다.

이런 나와는 달리 남편은 어린이날 등 특별한 날이면 아이들에게 장난감을 사줬고 친척 분들도 아이들에게 장난감을 사주시는 걸로 사랑을 표현하시곤 했다. 그러면 나는 책이 아닌 장난감을 받는 게 못마땅하기도 했지만 한편 그분들의 호의가 감사했다.

하지만 아이들이 성장하면서 아이들의 요청과 타협하게 되며 내 다짐도 매번 흔들렸다. 나는 직장에 다니는 부모로 인해 방학을 돌봄 교실에서 보내는 아이들을 응원한다는 명분으로 여름방학, 겨울방학에는 선물을 주겠다고 한 거다. 그러다 문득 아이들과 함께 있어 주지 못하는 죄책감을 물질로 보상하려는 내 모습을 자각했다. 어쨌든 이런 우여곡절을 지나며 장난감 대신 책에 둘러싸인 환경을 만들고자 노력했음에도 지금, 우리 집 책장의 아래층에는 장난감이 자리를 차지하고 있다.

부족해도 괜찮아, 스스로 만들어 보는 기회

큰아이가 친구 집에서 놀고 오면 자기보다 훨씬 더 많은 로봇장난감을 무척 부러워했다. 아이가 사달라고 졸라도 결국 생일이나 어린이날까지 기다려야만 되는 장난감이 친구 집에는 다 있었던 거다.

장난감을 갖고 놀고 싶어 매일 그 친구 집으로 놀러 가던 아이가 어느 날, 왜 엄마는 장난감을 사주지 않느냐며 따지듯이 물었다. 나도 아이가 그 집에 왜 매일 놀러 가는지를 유심히 지켜보고 있었기에 그 질문이 내심 반갑기도 했다. 그런 질문을 예상했었기에 나는 친구 장난감도 그 집 할아버지가 사준거지, 그 아이 엄마가 사준 건 아니라고 대답했다. 하지만 그 대화의 끝은 좋지 않아 그렇게 그 장난감이 좋으면 그 집에 가서 살라는 말로 끝났고 아이도 더 이상 장난감을 사달라는 말은 하지 않게 됐다.

나는 여전히 아이가 장난감을 사달라고 하면 가까운 서점에 가서 책을 구입해 주었다. 아무리 졸라도 엄마가 장난감을 사줄리 만무라는 생각을 했던지 아이는 어느 순간부터 자기가 갖고 놀고 싶은 장난감을 만들고 있었다. 나는 또 그 모습이 신기해 아이가 원하는 로봇의 도안을 인터넷에서 찾아서 출력해 주었다. 그러면 아이는 로봇을 꼼꼼히 색칠하고 가위로 오려서 종이 로봇을 만드는 거였다. 그렇게 아이가 만든 종이 로봇, 요괴, 귀신이 우리 집에는 어느새 가득했다. 아이가 주로 만드는 건 즐겨 시청하는 텔레비전 만화 캐릭터의 도안이었다. 거기에 색칠을 하고 오려서 갖고 놀기를 좋아했다. 그뿐만 아니라 아이는 친구나 주변 사람들에게 자기 창작물을 보여주며 자랑도 했다. 나는 그런 아이의 모습이 대견하기도, 예쁘기도 했다.

그러다 나는 우연한 계기로 아이 작품을 다른 엄마들에게 보여주게 됐고 그걸 본 엄마들이 '잘 만들었다고 칭찬했다'는 말을 아이에게 전했다. 아이는 그 말을 들으며 매우 좋아했다.

사실 내가 생각할 때 아이의 만들기 수준은 상을 받을 만하진 않았다. 그런데 자기 작품이 칭찬을 받았다고 하자 아이는 완성된 자기 작품을 다른 사람들에게 사진으로 보내라고 재촉을 하는 게 아닌가? 나는 그 일을 계기로 칭찬받고 싶은 아이의 마음을 읽으며 내가 아이에게 칭찬을 자주 해 주는 엄마였던가를 돌아보게 됐다.

허용은 최대한 하되
나침판이 되어 주어야 한다는 것

그러면서 칭찬과 인정의 관계의 중요성을 깨달았다. 그래서 나는 되도록 작은 일에도 자주, 쉽지 않지만 칭찬을 해 주려 의식적으로 노력하게 됐다. 이제 아이는 색칠할 그림을 인터넷 서치를 하며 다른 아이들이 만든 것 등의 자료 조사를 하다 자기 그림도 인터넷 공간에 올릴 수 있는지를 궁금해 했다. 나는 아이의 그림을 그동안 클리어 파일에 차곡차곡 모아서 책꽂이에 꽂아 놓아두었는데 아이를 위해 블로그 같은 인터넷 공간에 정리해주는 것도 좋겠다는 생각이 들었다.

그렇게 아이가 종이 로봇을 만들며 그 다음 단계까지 나아가는, 스스로 해결하는 모습에 나는 적잖이 놀랐다. 또 무조건적으로 아이의 요구사항을 다 들어주지 않으면서 내가 한 켠에서 느꼈던 불편함이 해소됐다. 부모는 무조건적인 수용이 아니라 교육, 다시 말해 가치관을 가진 훈육을 해야 하는 거라는 걸, 다시 한 번 깊게 느낀 계기가 됐다.

아직도 가끔, 아니 매번, 어떤 태도가, 또는 어떤 가치관으로 아이를 훈육해야 할지, 당장 아이요구를 들어주지 못한 불편한 마음 때문에 우와좌왕 할 때가 있다. 그런 때 나는 이 일을 떠올린다. 꼭 가르쳐야 하는 큰 틀은 부모가 훈육으로 가르치고 그 안에서 허용은 최대한 하되 나침판이 되어 주어야 한다는 거 말이다. 아이를 키우는 건 나날이 이렇게 무언가를 새로 배우는 일이다.

과보호는 그만, 가정 내 역할주기

자녀가 있는 직장동료들은 아이가 초등학교에 입학하는 시기가 되면 길게는 1년 짧게는 3개월, 육아휴직을 선택했다. 그런 회사 분위기에서 나는 아이들이 초등학교에 입학할 때마다 육아휴직에 대한 질문을 받게 됐다.

그러다 큰아이가 초등학교에 입학했던 해에 코로나로 인해 재택근무가 일상화됐고, 그래서 하교한 아이와 집에서 함께 시간을 보낼 수 있었다. 또한 유연근무로 퇴근 시간이 빨랐기에 아이들과 놀이터를 돌며 바깥 놀이를 했다. 하지만 코로나 때문인지 놀이터엔 함께 놀 친구가 없었다. 그러다 만난 큰아이의 친구를 보며 놀라게 됐다.

그 이유는 같은 1학년인데 하교 후 보호자도 없이 자전거를 타고 놀다가 집에 들어가기로 한 시간을 확인하고 인사를 하고 집으로 가는 거였다. 아직 두발자전거도 타지 못하고 엄마가 쫓아다니면서 보호를 해줘야 하는 큰아이와는 너무 다른 모습에 도대체 어떻게 하면 저런 태도가 가능한지 궁금해졌다. 아이의 가족관계를 질문해보니 삼남매 중 막내였고 엄마는 일하느라 바쁜 듯했다. 나는 아이 셋을 키운 엄마와 이제 초등학교에 입학한 첫아이를 가진 엄마의 내공이 다르다는 걸 느꼈고 아이에게서 자유로워진 아이의 엄마가 부러웠다. 하지만 그럼에도 나는 조마조마해서 아이를 혼자 놀이터에 보내기에는 여전히 불안했다.

핸드폰으로 부모와 소통하며 독립하는 아이들

작은아이가 초등학교에 입학하며 나는 남편과 아이의 초등학교 적응 문제를 의논했다. 남편은 야무진 둘째는 잘할 거고 육아휴직은 필요하지 않다는 의견이었고 나도 회사에 미안해 육아휴직을 해야 한다고 말하기가 어려웠다. 대신 유연근무를 선택해 일찍 퇴근해 종종 아이들이 야구를 하러 나가면 벤치에서 아이들을 지켜볼 수 있었다. 그런데 벤치에 앉아 주변을 관찰해보니 미취학의 아이들과 초등학교 1학년들은 보호자와 함께 였지만 초등학생은 핸드폰으로 부모와 소통하며 혼자 다니는 아이들이 많았다. 그걸 본 큰아이도 친구들과 연락 할 수 있는 핸드폰이 필요하다고 했지만, 나는 핸드폰을 사주는 대신 아이들과 함께 있기를 선택했다. 그러는 중 큰아이도 혼자 학원을 오가고 친구들과 놀다가도 약속한 시간이 되면 집으로 돌아오는 거였다. 그러면서 나도 마음을 조금은 내려놓고 집에서 아이를 기다리게 됐다. 아이의 성장에 따라 느리지만 변화가 시작된 거다.

집안일부터 자신을 돌보는 생활태도 만들기

그러면서 나는 아이의 독립심을 키우는 방법을 연구하다 탈무드를 읽게 됐다. 어려서부터 독립적으로 아이를 양육하는 그들은 가족의 일원으로 마땅히 아이를 가사노동에 참여시키는 거다. 우리 가정에도 필요한 교육이라는 생각이 들어 처음에는 고단한 엄마를 돕기 위해 집안일을 해야 한다며 아이들을 참여시켰지만 내심, 엄마가 없어도 자신을 돌볼 수 있는 생활 태도를 만들어 주고 싶었다.

보통 우리는 아이의 학습에 리스트를 만들고 매일 해야 할 일을 체크 했는데, 집안일 분담도 전략이 필요했다. 우선 일주일에 한 번 집안 대청소를 하는 걸로 시작했다. 예컨대 일요일 점심식사 후 우리 부부가 아이들이 청소하기 쉽게 물건을 정리하면 작은아이가 청소기를 돌리고 큰아이는 밀대걸레로 방바닥을 닦았다. 나는 청소하는 중간에 잘한다고 연신 칭찬하며 큰 도움이 된다, 고맙다고 아이들에게 말해주었다. 그러다가 간혹 아이가 청소가 힘들다고 하면 힘들지만 깨끗해지면 기분이 얼마나 좋아지는지에 대해서 이야기하곤 했다. 효과는 좋아서 청소가 끝나고 아이도 뿌듯했는지 달력에 대청소 일정을 적어놓고 주말에 여행 등으로 빠진 대청소는 주중에 하기도 했다. 사실 나는 그 모습을 보며 좀 놀랐다. 진작 가르칠 걸 그랬나 싶을 정도로 아이는 집안일을 열심히 했고 여러 가지를 하려고 했던 거다.

무엇이든 적극적으로 나서는 아이를 보며 나를 뒤돌아보게 된 건 따뜻한 환경을 만들어 주려는 엄마의 사랑이 아이들을 독립적으로 성장할 시기를 놓치게 하는 건 아닌지였다. 그러면서 집안일부터 시작해서 아이와 많은 걸 시도해 봐야겠다고 다짐하게 됐다. 차근차근 함께 배워가며 아이의 성장 키높이에 따라 역할을 알려주고 소임을 주는 것, 과한 사랑이 독이 되지 않도록 하는 또 다른 엄마의 사랑법이 됐다.

아이가 스스로와
남에게 예절을 지키는 또래생활

초등학교 2학년의 큰아이가 어느 날 밤, 갑자기 학교 우유급식을 끊어 달라고 내게 부탁했다. 우유급식은 아침밥을 거르는 아이가 빈속으로 등교해서 힘들까 봐 신청한 아이가 잘 자랐으면 하는 엄마로서의 바람이었다. 아이의 건강에 좋다고 여겼던 건데 아이의 말에 의하면 학교에서 우유를 다섯 개나 먹게 된 이유가 우유급식을 신청했기 때문이라고 했다. 나는 분명 한 개만 신청했기에 어찌 된 일인지 자초지종을 들으니 우유를 다 먹어야 한다는 규칙 때문에 자기 것과 우유를 먹기 싫어하는 네 명의 친구들 우유를 대신 먹어야 했다는 거다. 이야기를 듣고 나니 좀 충격이 왔다. 아이는 왜 싫다는 말을 친구들에게 하지 못했을까? 학교에서 내 아이가 괴롭힘을 당하고 있는 건 아닌지, 일의 심각성을 느낀 나는 남편과 가족회의를 했다.

내게 상황설명을 들은 남편은 친구들의 부당한 요구에 거절을 못 하는 아이에게 자기를 지키는 법을 가르치고자 아이와 대화를 시작했다. 아이 말에 따르면 우유를 먹어달라고 한 친구는 대다수의 아이들이 짝으로 앉기 싫어하는 아이였다. 또 그런 일은 이번이 처음이 아니었는데 그동안은 옆에서 힘이 돼 주는 친구들이 있었지만, 그 친구들이 전학을 가면서 혼자가 된 아이가 우유를 다 먹어야 했던 거다. 게다가 그걸 본 여자아이들까지 쫓아와 내민 우유까지 먹으며 아이는 우유를 신청한 엄마 탓을 했던 거다.

스스로를 지키는 법을 배워야 해

아이의 말을 듣고 마음이 아팠던 나와는 성향이 다른 남편은 단호했다. 친구를 괴롭히는 아이는 학교폭력으로 신고해야 한다며 다음번에도 그런 상황이 생기면 "학교폭력 117로 신고하겠다."라는 말을 친구들에게 해야 한다며 아이에게 연습을 시켰다. 또 다른 친구들에게도 이런 상황이 생기면 가서 도와주어야 다음번에 아이도 도움을 받는 거라고 가르쳤다.

요즘에는 학교폭력, 가정폭력을 당하면 신고하는 법을 학교에서 아이들에게 가르친다. 그래서 그런지 직장동료가 훈육하려는 엄마에게 "신고할 거야." 라고 초등학생 딸이 말했다는 일화를 전해 들었던 적도 있다. 그때는 엄마를 신고하라고 가르치는 교육이 너무 과하다고 여겼는데 내 남편도 아이에게 신고하겠다는 말을 가르치게 된 거다.

이 사건으로 나는 선생님과 상담을 요청했고 그 상담으로 나는 마음이 여려 친구들의 요청에 거절을 못 하는 아이가 스스로를 지키는 법을 배우는 게 시급해 보였다. 그러면서 선생님의 눈이 미치지 않는 곳에서 어쩌면 아이들이 스스로를 지키는 가장 확실한 방법은 신고일 뿐일지도 모르겠다는 생각도 하게 됐다. 선생님은 내게 아이의 마음이 어땠을지, 학교에서 다시 만날 친구에게 꼭 교실에서 배운 마음신호등으로 대화를 나누게 하라고 여러 번 당부했다. 또 가정에서도 부모가 아이에게 자기를 지키는 말과 행동 등을 수시로 가르치고 연습시켜야 한다는 말씀을 해 주셨다. 역시 전문가다운 처방에 나는 신뢰감과 함께 고마움을 느꼈다.

싫어! 분명히 말하고 도움을 요청!

아이에게 그런 일이 있고 난 후 나는 다른 아이들도 유심히 관찰하게 됐다. 놀이터에서 지켜보다 보면 몇몇 아이들이 상처 주는 말과 하지 말아야 하는 행동을 발견할 수 있었다. 그런데 이런 문제가 생길 때마다 부모가 쫓아다니며 아이들의 관계를 교통정리 해줄 수는 없으며 또 그런 일에 대처하는 것도 아이들의 사회생활의 일부다. 그리고 아이 역시 친구 사이에 지켜야 할 예절이 있으며 이기적인 행동은 어른들에게 혼이 난다는 것도 잘 배워야 한다. 또 그걸 알면서도 상처를 주는 친구들을 만났을 때 아이들이 자신을 보호하는 법은 무엇일까?

우선 아이가 단호하게 싫다는 의사표현을 할 수 있어야 하고 친구의 부당한 요구를 감당할 수 없을 때는 반드시 선생님께 알리는 것을 부모가 교육해야 한다. 또 아이에게 너는 혼자가 아니다라는 '항상 네 편이 되어 주는 부모가 있다'라는 것을 주지시켜야 한다. 이 문제가 잘 해결되기를 바란 남편은 그 일 이후, 귀가 후 아이와 매일 학교에서 있었던 일을 묻고 대답하는 대화를 했다. 그러던 어느 날, 평소 학교에서 싫다는 의사표현을 못 하던 아이가 친구에게 절교 하겠다는 말을 해서 친구와 멀어졌다는 말을 하는 것이 아닌가? 그리고 학년이 올라가며 반이 달라지니 자연스럽게 그 친구를 볼 일이 없어졌다. 실로 아빠의 관심 덕에 아이가 행동으로 옮긴 놀라운 발전이었다.

또 아이는 새로운 친구들 중에는 우유를 먹어달라는 친구가 없다고 했다. 그래서 예전에는 왜 절교하자는 말을 안 하고 우유를 대신 먹었느냐고 물으니, 어떻게 말해야 할지 몰랐다고 했다. 이렇게 또 한 가지 사회생활을 배운 아이는 이번에는 어떤 여자아이가 키 작은 남자아이들에게만 못생겼다고 해 짜증이나 하지 말라 해도 계속한다는 거였다. 가만히 지켜보다 아이가 너무 스트레스를 받는 듯해 나는 선생님과 다시 상담을 했고 선생님은 교실에서 일어난 일을 확인해 우리 아이와 다른 아이가 사과를 받게 조치해 주셨다. 또 알림장에는 외모로 친구를 비하하는 말을 하지 않아야 한다고 주의사항을 주었다.

이른바 얼평(얼굴평가), 외평(외모평가)이 일상인 아이들 세계에 선 키 작고 왜소한 우리 아이는 해마다 선생님과 상담할 일이 생기곤 했지만 나는 아이의 해결 능력을 길러주고자 억울한 일이 생기면 꼭 선생님께 말해야 한다고 수시로 가르쳤다. 그러면서 외모는 삼초, 인성은 영원한 매력이라는 교육을 하곤 했다.

하지만 그래도 아이가 대처하기 어려운 안건은 가족회의를 통해 아이에게 교우관계와 학교생활을 어떻게 하는지를 가르치고 있다.

다행히 아이도 점점 배운 거를 잘 실천하고 있는 듯하다. 이 과정 속에서 아이가 자신을 지키고 자신보다 더 힘이 약한 친구들을 도우며 성장하길 바란다. 또한 더 나아가 여성, 노약자를 먼저 보호할 줄 아는 신사의 품격이 있는 사람으로서 성장시키는 게 엄마로서의 바람이다.

사랑하되 중요한 건 일관성 있게!

아이들이 초등학생이 되고 학습 문제로 집안이 늘 시끄럽다. 한자라도 더 가르치고 싶은 아빠와 과제를 제대로 하지 못하는 큰 아이가 한바탕 하는 거다. 아이는 아빠에게 무언가를 배우는 과정을 "지옥훈련"이라고 말했다. 누가 알려준 말도 아닌데 자연스레 아이의 입에서 나온 단어다. 아이들이 모두 초등학생이 되며 남편은 아빠 책임감으로 많은 시간을 아이들에게 투자했다. 한글, 수학은 물론이고 자전거, 야구, 줄넘기 등을 가르쳤는데 아이들이 몸으로 하는 건 곧잘 배우면서 공부는 아빠의 의욕만큼 결과가 뒤따르지 않았다.

아이들은 놀고만 싶으나 공부는 아빠가 무서워서 어쩔 수 없이 하는 거였다. 아빠로서, 먼저 인생을 살아 본 어른으로서 공부의 필요성을 자주 이야기했지만 그 말을 이해하기에는 아이들은 아직 어렸다.

아이의 학교 성적이 아빠의 노력점수?!

이 책을 통해 여러 번 이야기 했듯 좌충우돌의 육아경험을 하면서도 아이들 우선의 시간으로 사랑을 주겠다고 결심했다. 반면 유아기 때 바빴던 남편이 여유가 생겨 아이들과 함께 하는 시간이 길어진 건 사실 우리 가정에선 무척 행운이었다. 하지만 남편이 가끔 아이들에게 왜 말을 듣지 않느냐고 큰 목소리를 내는 걸 보면서 과거의 자주 화를 내던 내 모습이 겹친다.

아이들이 어릴 때 의사표현을 자기도 모르는 떼로 나타낸다는 걸 남편은 도무지 이해하지 못했다. 그래서 상황이 어려워지면 감정적이 돼 화를 내고 말았다. 어느 날, 작은 아이가 학교 과제로 쓴 아빠의 특징은 '화를 잘 낸다'였다. 아이의 학습과정을 돕고자 하는 과정이었지만 아이들에게 아빠는 화를 잘 내는 무서운 사람이 된 거다. 하지만 아이들이 아빠 말에 귀를 기울이며 그 횟수도 점차 줄어서 더 다정한 아빠가 되고 있다.

나는 아이들과 갈등 상황이 발생할 거 같으면 한 발 뒤로 물러났고 아이는 엄마의 그런 점을 알고 하기 싫은 일은 안 하기도 했다. 하지만 아빠와는 그런 방법이 통하지 않아 아빠가 내준 과제를 꼬박꼬박해야만 했다. 그래서 현재 아이의 학교 성적은 아빠의 노력 점수다. 언제까지 남편이 아이들 공부를 봐줄 수 있을지 모르겠으나 퇴근해서 매일 아이들 학업에 신경을 써주는 아빠를 둔 아이들이 부럽고 남편에게도 고마웠다. 아이들은 나중 어른이 돼서 초등 때 공부는 아빠가 가르쳤다고 내내 기억하게 될 것이다. 이처럼 아이들이 우선순위로 공부를 잘하길 바라는 남편을 응원하면서 나는 아이들 인성교육에도 신경을 써야겠다고 다짐한다.

돌봄을 위한 대화를 가르침!

그러면서 함께성장인문학연구원 『유쾌한 가족레시피』 강사 과정 중 배운 네 가지 항목이 떠올랐다. 우선 아이가 습관이 되도록 하려면 가장 기본적으로 부모가 먼저 실천해야 할 게 있었다.

첫 번째는 인사였다. “다녀왔습니다. 다녀왔다. 다녀오셨어요? 다녀왔니?” 이렇게 주고받는 말이다. 집에 어른이 들어올 때나 아이가 학원에 다녀오며 외출을 할 때는 서로 인사를 주고받도록 습관을 만들어 주는 거였다. 나 역시 솔선수범의 자세로 아이들에게 인사를 했다.

두 번째는 식사였다. “식사하셨어요? 식사 같이 할래요? 식사 같이 할래?” 서로 묻는 거다. 부모로서 아이들의 밥을 챙겼지만 아이들에게도 엄마가 밥을 먹었는지, 배가 고프지는 않은지 질문을 하는 것을 습관화했다.

세 번째는 “도와줄 건 없니? 도와 드릴 건 없어요?” 질문을 하는 거다. 내가 먼저 아이들의 요즘 고민은 무엇인지 또 도와줄 건 없는지 질문했다. 그러면서 부모에게도 반대로 질문하고 도와야 한다고 가르친 거다.

마지막으로 “몸은 괜찮아? 몸은 괜찮으세요?” 라고 묻는 거다. 아이가 아프면 부모는 밤을 새워 가면서 병간호를 하지만 부모인 내가 감기에 걸리면 아이들에게 전염이 될까 멀리했다. 그럴 때 전염되지 않게 조심하면서도 관심 있는 안부 묻기를 가르쳤다.

나는 아이들에게 이 네 가지를 가르치며 가족 돌봄의 말을 일상에서 주고받는 게 결국은 서로가 소외되지 않는 존중이 된다는 걸, 내가 더 배우게 됐다.

따뜻한 말 습관을 가진 어른으로 성장하길

아이들과 표현하는 게 익숙하지 않았음에도 주거니 받거니 표현하는 걸 습관화하며 우리 사이는 더 말랑해졌다. 그렇게 기본적인 생활 습관을 만들길 어언 3년여, 이제는 아이들이 내가 요청하지 않아도 알아서 먼저 물어봐 주고 챙겨주니 가르치기 힘들어도 알려주길 참 잘했다. 부모만 아이들을 보살피고 보호해야 하는 게 아니라 가족 구성원으로 서로를 궁금해 하게 된 정서를 얻었으니 말이다.

나는 무엇보다 아이들이 사람에게 관심을 갖는 따뜻한 말 한마디를 할 줄 아는 습관을 물려주고 싶다. 이 글을 읽는 독자 여러분께서도 아이의 기본적인 예절을 가르치길 쉽지 않다면 먼저 같은 생활습관을 만드시는 걸 지속해보라 권한다. 당장 하루만, 삼일, 일주일, 십일, 처음에는 시행착오도 겪겠지만 어느 날, 가정의 문화가 확 바뀌는 시점을 만나실 수 있다는 걸 말씀드릴 수 있다. 아이의 습관은 무엇보다 일관성으로 만들어진다.

형제를 더불어 사는 시민으로 키우는 법

아이들과 함께 즐거운 시간을 보내며 엄마로서 성장을 했지만 지금까지 제일 안타까운 건, 아파트에 거주하며 1층에 살아 본 적이 없는 거였다. 에너지 넘치는 아이들이 항상 뛰어다니는 상황에서 층간소음의 스트레스에서 벗어나고 싶었지만 몇 번의 이사를 했던 우리 가족에게 그런 행운은 없었던 거다. 그 때문에 어떻게 해결할 방법이 없어 아이들에게 '뛰지마'라고 소리를 지르는 것만이 내가 할 수 있는 최선이었다. 그러면 또 아이들에게 미안해져 뛰어 놀 수 있는 놀이터에서 긴 시간을 보내니 내 몸은 피곤할 수밖에 없었다. 그렇게 많은 스트레스를 받으면서도 환경을 바꿀 수 없는 건 의지부족인가라는 자책까지 하게 됐다.

어느 날, 어린이집에서 점심만 먹고 하원한 아이들이 내가 집안일을 하는 사이에 뛰어 놀았는지 아랫집에서 인터폰이 왔다. 성장기의 아이들은 한참 뛰어 놀며 크는데 그 장소가 우리 집 바닥이 아랫집의 천장인 아파트의 구조인 게 문제였다. 인터폰을 받으면 당장, 아이들이 뛰는 걸 자제시켜 보지만 자제가 쉽지 않아 뛰면 안 된다고 혼을 내게 됐다. 그래서 우리는 누구 눈치를 보지 않아도 되는 1층에 살고 싶어졌다. 그렇게 마음이 편치 않았던 때에 우리는 놀이터를 전전하며 보냈다.

전원주택이 아닌데 뛰어 놀고 싶다고?

남편이 주말에 집에 있을 때 아이들이 뛰면 아랫집에 민폐라고 주의를 주는데 아이러니한 게 윗집에서 시끄러운 소리가 들리면 남편은 화를 참지 못했다. 그런 남편에게 나는 우리는 훨씬 더 시끄럽다고, 아이들이 뛰는 게 어쩔 수 없는 것처럼, 윗집도 잠깐 그러는 거라고 너그러운 마음으로 이해해 달라고 말했다. 하지만 그랬던 나도 어느새 아랫집에서 인터폰을 받으면 윗집의 작은 소리에도 인터폰을 하게 됐다. 층간소음은 이렇게 도미노 현상처럼 예민함을 불러오고 결국은 이렇게 상호 부정적인 현상이 일어나고야 만다. 그러던 차에 어떤 집은 아랫집에 조부모가 살면서 윗집에서 손자들이 만드는 층간소음을 완충해주는 역할을 해줬다는 말을 들으며 내 입장에서는 무척 부러웠다.

주말에 재활용을 버리고 남편과 엘리베이터를 탔는데 우연히도 아래층 사람을 만났다. 우리 집 위아래에 누가 사는지 몰랐던 상황에서 누른 층수를 보며 아랫집 사람이라는 걸 알았는데 그 광경을 본 남편이 사람이 내리니 '우리 애들이 뛰어서 힘들 거라'고 말하는 거였다. 그 말을 받아 나는 그러면 미안하다고 귤이라도 한 박스 보내는 건 어떠냐고 했다.

상호 부정적인 소통을 하게 되는 이유는 미안함을 마음속에만 담아두고 표현하지 않는 것에서 시작되는 거였다. 부러 찾아가 미안함을 전할 수는 없어도 엘리베이터에서 혹시라도 마주치면 그것을 기회삼아 미안하다는 마음을 표현하는 거. 또 가끔씩 음식을 전하며 이웃과 친분을 쌓으면 충분히 서로의 가정상황에 대한 이해를 구할 수 있다. 친정엄마는 그런 표현을 잘하시는 어른이었다. 예전 동네에서 엄마는 딸네 집에 와 있는 동안 아랫집에 시골 음식을 나눠주기도 하며 왕래를 해 나중엔 이해가 부족해 미안했다는 말을 서로 전할 수 있게 됐다. 그러나 그 후 우리는 다시 이사를 했고 아직 성장 중인 우리는 다시 층간소음과 전쟁 중이다.

공동주택에서 이웃에 대한 배려는 필수

엘리베이터에는 공동주택에 사는 주민으로서 지켜야 할 것들이 게시되 있다.

- 집안에서 러닝머신 등 운동기구 사용자제
- 뛰거나 문을 세게 닫는 행위
- 어린이들이 집안에서 너무 뛰지 않도록 자제
- 반려견등 짖는 소리가 나지 않도록 주의
- 큰 소음발생 행위(오디오, 악기, TV 등)

뛰는 아이들 자제시키는 거 외에도 지켜야 할 게 적지 않았다. 코로나팬데믹 시절 재택근무로 내가 집에 있는 동안 층간소음을 조심하자는 아파트 안내방송을 종종 들을 수 있었다. 외출이 자유롭지 못한 사람들은 다른 집에서 나는 소리에 예민했고, 단호해 경비실은 주민들 간의 분쟁을 처리하기에 바빴다. 그런 일상들을 겪으며 나는 이런 생활에서 벗어난 한적한 전원주택의 삶을 더 꿈꾸게 됐다.

내 아이에게 더불어 사는 법을 가르쳐야 하는 이유

하교한 아이들이 발뒤꿈치를 들고 사뿐사뿐, 거실에서 야구를 한다. 아이들도 노하우가 생겨서 어떻게 하면 인터폰이 울리지 않을지 줄타기를 하듯 자신의 놀이를 하는 지혜를 내는 거다. 그래도 잠깐이라도 놀이에 집중하다 뛰게 될 아이들에게 나는 또 '뛰지마' 라고 소리를 치게 될 거다. 그래도 시끄럽다는 인터폰이 오자 아이들은 미안하다고 말하게 됐고 나는 아이들을 위해 매트리스를 준비했다.

부모로서 나는 공동주택인 아파트에 살기 위해서는 아이들에게 규칙을 가르쳐야 하고 또 준수하는지를 살펴야 했다. 이처럼 나는 이제 아이들에게 우리가 공동주택에서 어떻게 어울려 살아야 하는지. 무엇이 예의 인가를 가르치고 있다. 왜냐하면 아이들이 뛰느라 내는 층간소음은 아이를 키우는 가정에서는 어쩔 수 없이 거쳐가야 하는 성장과정이기에, 미안함을 나누고 아이들에게는 지켜야 할 것을 반드시 알려주어야 한다. 그러다 보면 우리 사회가 아이들에게 더 너그러워지고 아이들은 어릴 때부터 사회의 일원이 되어 더불어 사는 법을 배우게 될 것이다.

진정한 부자로 만드는 법

나는 큰아이가 10살이 되면서부터 용돈을 주기 시작했다. 처음에는 돈을 지갑에 넣어주곤 했지만 가끔 잊기도 했다. 생각 끝에 나는 정해진 장소에 돈을 두고 자율적으로 아이가 필요할 때 가져가게 했다. 아이는 학원수업이 끝나면 어묵도 먹고 편의점에서 과자랑 아이스크림 등 기분에 따라 먹고 싶은 걸 사먹곤 했다. 그런데 친구들이 카드로 계산하는 게 부러웠는지 아이가 하루는 "엄마 카드 좀 만들어 주면 안 돼?"라고 했다. 나는 '어 이것 봐라?'하는 마음이 들어 한편 아이의 태도가 흥미로웠지만 카드를 줄 수는 없었는데 그 이유는 계산은 편리하지만 돈을 얼마나 썼는지는 알 수 없어서 과소비의 위험이 크다고 생각했기 때문이다. 또 초등 저학년의 아이는 실제로 돈을 내고 거스름돈을 받는 경험이 쌓여야 했다. 반드시 모든 물건을 구입할 땐 대가를 치러야 한다는 개념을 익히는 데는 지폐가 교육효과가 컸기 때문이다.

아이가 하고 싶은 쇼핑

그런데 아이와 나는 지출을 하루 2천 원 한도로 하고, 어디에 돈을 쓸 것인지는 정하지 않았다. 그런데 어느 날부터 아이가 그 돈 중에서 포켓몬 카드를 사는 것이었다. 적잖이 놀란 나는 배고플 때 간식 사 먹을 돈으로 그러지 말라고 했으나 그런 말도 소용없이 아이는 내게 어떤 때는 말도 없이 포켓몬카드를 샀다. 당황한 나는 아이의 행동을 남편과 논의 했고 남편은 간식을 사 먹으라고 준 용돈으로 포켓몬카드를 사면 안 된다고 엄하게 혼을 냈고 허용되지 않은 아이의 쇼핑은 일단 막을 내렸다. 그런데 우리 집에는 이미 이발을 하기 싫어하는 아이들이 이발을 할 때마다 남편은 아이들이 좋아하는 포켓몬 카드를 사주어서 카드가 많이 있었다. 그럼에도 아이가 용돈으로 포켓몬 카드를 구입하는 게 부모입장에서는 쓸데없는 소비지만 그것을 좋아하는 아이에게는 정말 해 보고 싶은 일이었을 거다.

모아두면 힘이 되는 저축 먼저!

하지만 나는 아이에게 포켓몬 카드를 사두는 것보다 모아두면 힘이 되는 저축의 가치를 가르치고 싶었다. 왜냐하면 자본주의 국가인 현대 사회를 살아가는데 돈이 매우 중요하다는 가치를 알려주고 싶은 거다. 돈이 없어서 돈의 하인이 되어 돈에 좌우되는 삶이 아니라 내가 돈의 주인이 되어 돈 걱정 없이 풍요로움을 느끼며 살기를 바라기에 말이다.

그렇다면 세계적인 부자로 막대한 돈을 기부하고 있는 워렌버핏의 지혜를 배우고 싶어졌다. 그가 알려주는 자녀를 부자로 만드는 원칙과 진정한 돈의 가치는 과연 무엇일까? 우선 아이와 함께 어린 시절부터 돈을 벌어 보는 경험으로 저축을 해 보고 그 돈으로 투자를 해 보기도, 나아가 소비의 가치를 경험해 보게 하는 거다. 또 적은 돈이라도 기부하는 것이 무엇인지를 가르치는 경제교육이 필요했다. 그래서 나는 아이가 집안일을 하면 용돈을 주기도 했고 통장을 만들어 주며, 늘 저축을 먼저 하고 돈을 지출해야 한다는 거. 또 우리보다 못 사는 아프리카의 어린이들을 돕기 위해 기부를 어떻게 해야 한다는 것도 가르쳤다.

또 우리는 돈을 많이 버는 직업과 방식에 대해서 이야기를 나누곤 했는데 야구를 좋아하는 아이는 '메이저리그 야구선수가 되어 부자가 될까?'라고도 이야기했다. 만약 그렇게 되면 내게는 집을, 아빠에게는 회사를, 할머니에게는 호텔을 사주겠다며 신나했다. 어떤 집을 사줄 건지 그림까지 그려 보여주는 아이를 보며 나는 잠시 행복해졌다.

그러자 옆에 있던 작은 아이는 내게 '엄마 아빠가 죽으면 집과 금반지 등은 어떻게 되는 거냐'라는 질문을 했다. 무슨 말인지 생각해 보니 유산으로 형 말고 자기에게 물려달라는 거였다. 어려서부터 자기 물건을 잘 챙기는 걸 아이를 칭찬하곤 했는데 벌써부터 그런 데 까지 관심을 갖다니 어이가 없으면서도 웃음이 나왔다.

아이에게 돈의 소중함을 알려주고 풍요로운 삶을 살도록 동기부여를 해주는 거, 또 그 돈을 어떻게 저축하고 투자해 기부를 하며 나눌 것인지 등. 아이와 돈에 대한 대화를 꾸준히 하는 모습은 돈의 중요성을 알려주기에 아주 좋은 부모의 모습이라 생각한다. 또 아이를 경제적으로 지원할 수 있도록 열심히 생산 활동을 하는 부모의 모습 또한 우리 아이를 부자로 만들 수 있는 시작점이다.

아이도 멀리 바라볼 줄 안다

내가 아이를 어떻게 키울까를 연구하며 찾은 롤 모델은 아이의 성장에 따라 그 대상이 달라졌다. 아이가 어릴 때는 엄마표 영어에 성공했다는 사람들의 책을 읽으며 강연장을 찾아다니기도 했다. 하지만 책 속의 엄마표 영어교육을 내가 아이와 실천하기는 쉽지 않았다. 그러면서 나는 역사 속의 위인들과 자녀 교육서에 성공했다는 사람들의 책을 꾸준히 읽었다. 그 책들을 읽으며 동기부여를 받았지만 실행까지 옮기는 데는 시간이 걸렸다. 어쨌든 나는 때로 잊어버리기도 했지만 책속의 몇 가지 가르침을 꾸준히 실천하려 노력했다.

유대인의 자녀 교육에 관심을 갖게 되다

그렇게 책을 읽으며 나는 유대인의 자녀 교육에까지 관심을 갖게 됐다. 노벨상 수상자의 23퍼센트, 미국 명문대학 유대인 교수 30퍼센트, 미국 100대 기업의 약 40퍼센트가 유대인 소유다. 그러므로 유대인들이 어떻게 아이들을 교육했길래 위에 열거한 많은 인물들을 배출해낸 것인지 궁금해 유대인의 역사와 탈무드를 공부했다. 그러면서 알게 된 것 중에 가장 인상 깊었던 건 멸망했던 나라를 다시 세웠다는 거다.

모든 역사에는 끝이 있는데 어떤 교육이 역사를 다시 만들었는지 책을 보니 상상력, 개인주의자, 종교적 열정, 아웃사이더 기질 등 여러 가지 원인이 있었다. 그리고 그중에 내가 얻은 답은 유대교라는 종교였다. 사실 나는 무교이다. 그러나 탈무드를 읽으면서 종교가 자녀교육에 미치는 영향에 대해 다시금 돌아보게 됐다.

유대교를 믿는 유대인은 자녀가 어려서부터 토라(구약성경)와 탈무드를 통해 신에게 선택받은 민족으로 세상을 더 발전시키기 위해 태어났다고 가르쳤다.

그렇게 유대인 부모들은 자녀에게 나는 누구이고, 어떤 사람이 될 것이고, 어떻게 살 것인지에 대한 기본적인 생각을 가르치고 있었다. 또 그걸 잊지 않고 가르치며 배우게 하는 책이 토라와 탈무드였고 현재도 전해지고 있는 거였다. 나 역시 어느 순간 현실에 맞춰 살다 보니 사는 데로 생각하는 나를 발견하는데 내가 살고자 하는 삶을 살기 위한 이러한 기준이 있다면 인생을 사는 데 큰 도움이 될 거다. 나는 아이가 유대인처럼 주도적으로 자기 삶을 살며 사회에 기여하기를 응원하고 싶었다.

인생의 목적을 알려주는 교육

그러므로 신이 주신 최고의 창조물로 내게 선물처럼 온 아이가 자신뿐만 아니라 세상을 위해 기여해야 한다는 인생의 목적을 알려주는 길잡이 역할이 나, 부모의 역할이라 생각한다.

그래서 나는 아이들을 재우는 잠자리에서 자주 말한다. '너는 하늘에서 엄마에게 온 보물이고, 네가 태어난 이유는 세상을 더 발전시키는 사람으로서 온 것이야. 그러니 너는 참 소중한 사람이지'라고.

나는 아이가 좋은 학교에 입학하고 좋은 회사에 입사해 부와 명예도 누렸으면 좋겠다. 하지만 그 이전에 아이의 성취뿐만 아니라 타인을 위해서도 기여할 것을 아는, 생의 목적이 있는 교육이 먼저라는 걸 깨달았기에 틈틈이 아이의 자존감을 높이는 말로 너는 신이 주신 보물이니 성인이 되어서 꼭 세상을 발전시키는 일을 해야 한다고 격려해준다.

혹시 이 글을 읽는 독자가 아이가 우리가 생각하는 조건의 좋은 대학, 좋은 회사를 가야 한다고 생각하신다면 먼저 부모님의 지평을 조금만 더 넓혀 보시라고 조언을 드린다. 왜냐하면 그런 부모님 슬하에서 자라는 아이의 눈은 더 멀리 바라보며 성장할 것이니 말이다.

아이와 함께 꿈꾸는 명문가

어느덧 이 책의 마지막 장을 쓰게 됐다. 이 책을 쓰기 시작했을 때, 나는 한 남자와의 결혼 적응기, 임신과 출산, 아이들 육아기를 기록으로 남기고 싶었다. 내가 어릴 적 만났던 이 땅의 어머니들의 손에 양육된 어른들의 성장기가 당연한 게 아닌, 헌신이라는 걸, 몸으로 겪으며 정말 대단 일을 내가 해내고 있는 시기라는 걸, 알게 됐기 때문이다.

여러 좌충우돌 육아기지만, 또 아이들의 성장기에 따라 계속되겠지만 누군가 내가 세상에 태어나서 제일 잘한 게 무엇이냐고 묻는다면, 아이 둘을 세상에 탄생시킨 일이라고 대답할 것이다. 그리고 이제 그 아이 둘을 잘 성장시켜 사람들에게 도움이 되는 사람이 되도록 응원과 지지를 아끼지 않을 것이다. 이제 내겐 남편과 나, 아이들과 명문가를 이루고 싶은 새로운 꿈이 생겼다.

사전에서는 '명문가'의 뜻을 '사회적 신분이나 지위가 높고 학식과 덕망을 갖춘 훌륭한 집안'이라고 정의하고 있다. 『세계 명문가의 자녀교육』은 명문가로 케네디가, 발렌베리가, 빌 게이츠가, 로스차일드가를 예로 들고 있다. 『5백년 명문가의 자녀교육』에서는 우리나라 명문가로 풍산 류씨 서애 류성룡 종가, 진성 이씨 퇴계 이황 종가, 해남 윤씨 고산 윤선도 종가, 나주 정씨 다산 정약용가, 경주 최씨 경주 최부잣집 등을 예로 들었는데 그중 경주 최부잣집의 교육이 내가 아이들에게 유산으로 물려주고 싶은 가치관과 많은 부분, 일치했다. 최부잣집은 후손들에게 지켜야 할 행동지침 '육훈'과 마음가짐 '육연'을 남겼는데 그 중 '육연'은 다음과 같다.

육연

자처초연(自處超然) : 혼자 있을 때도 정도를 걸어라

대인애연(對人靄然) : 다른 사람을 대할 때는 따듯한 마음을 가져라

무사징연(無事澄然) : 일이 없을 때는 밝은 마음을 가져라

유사감연(有事敢然) : 일을 할 때는 결단성 있게 행하라

득의담연(得意淡然) : 뜻을 이루었다고 자만하지 마라

실의태연(失意泰然) : 실패했어도 낙심하지 말고 당당하게 처신하라

단지 부자에 머물지 않고 물질에 소외되지 않게 소작인을 돌보던 선조들에게 가르침을 받은 경주 최부잣집의 후손들.

그러면 내 부모님은 조부모님에게 무엇을 배우셨을까? 내 기억 속에 이해가 안 되던 것들이 자식을 키우는 부모 입장으로 바라보니 많은 것이 이해됐다. 열정적이고 성실하게 사셨던 부모님은 조부모님께 그 성실성을 물려받으셨던 거였다. 해야 할 역할들로 갈등도 있었지만 모든 걸 이겨내고 부모님은 자식들을 독립시키신 지금, 건강하고 화목한 노후를 보내고 계신다.

그렇게 부모님이 몸소 보여주며 가르쳐 주신 삶의 태도를 물려받은 나 또한 아이들에게 내가 정말 물려주고 싶은 게 무엇인지 자주 생각하게 됐다.

한때 나는 아이들을 물질적인 부자로 만드는 꿈을 꾼 적도 있지만 부모공부를 하면 할수록, 보다 본질적인 인간의 태도가 결국은 스스로를 또 다른 사람들과 어우러져 행복하게 살아가는 힘이 된

다는 걸 깨달았다.

지금은 아이들에게 하고 싶은 일을 하기 위해 한 번 해서 안 되면, 두 번, 세 번, 백 번, 그래도 안 되면 백 한 번을 해 보며 원하는 일을 해 보는 끈기, 긍정적 사고 등을 잘 가르쳐 주고 싶다. 더불어 최부자집의 육연을 실천할 수 있는 역량을 가진 '어른'을 사회에 배출하는 명문가가 되는 그날까지 나는 아이들과 남편과 웃을 일을 많이 만들어 갈 예정이다. 그것이 '좋은 어른'이 되는 첫걸음이라 생각하기에 말이다.

에필로그

비로소 웃으며 그려 보는 가족사진

내게 가족은 어떤 의미였나? 오직 나만 관심사였던, 또 갈등이 싫어, 웬만하면 피해 가던 내게 돈을 주고도 배울 수 없던 것들을 가족이 내게 가르쳐 주었다. 그래서 오늘 하루를 열심히 살게 만들어 주는 존재가 됐다.

처음 육아사막을 접하며 나는 아이들이 다 성장하면 홀가분하게 내 인생을 살겠다는 다짐을 했었다. 내가 만든 가족이 나를 힘들게 한다고 여겨 도망가고 싶었던 거다. 하지만 이제는 그 가족이 함께여서 고마운 시간이 왔다.

결코 쉽지 않았지만 아이를 출산하고 양육하는 과정에서 누릴 수 있는 기쁨을 함께 누려보자는 권유를 하기에까지 이른 지난 십 년간의 엄마로서의 내 여정. 출산이 두려운 예비맘에게 꼭 기쁨을 누려보라 권한다. 사람만이 할 수 있는, 사람을 세상에 내놓는 일은 무엇과도 바꿀 수 없는 생명의 신비를 경험하게 하고 분명히 또 다른 '나'를 만날 수 있을 테니 말이다. 머리가 하얀 남편과 손자를 기다리는 평화로운 할머니의 시간, 나는 이제 우리 부모님과 같은 미래를 그려 보고 있다.

이제 평소에 하지 못했던 감사의 말을 전한다. 부모로서 이렇게 단단하게 성장하기까지 응원해주시며 등대처럼 그 길을 밝혀주신 내 스승, 함께성장인문학연구원 정예서 선생님. 감사합니다. 내 옆을 든든하게 지키며 오늘도 좋은 아빠, 좋은 남편이 되려 노력하는 남편, 함께여서 참 고맙다. 또 하루가 다르게 우람하게 성장하는 두 아들, 무한한 사랑을 손자들에게 주시는 양가 부모님, 정말 감사하다. 원고를 출판해 주신 출판사에도 감사함을 전한다.

마지막으로 오늘도 엄마 아빠로서 자신의 하루를 헌신하고 있을 특히 이 땅의 모든 워킹맘에게 사랑과 응원을 보낸다.

앞으로도 나는 아이를 잘 성장시키기 위해 여전히 공부하며 실천해 내 아이와 함께 자라날 우리나라의 모든 아이들이 잘 살아갈 수 있는 환경을 만들도록 미력하지만 도울 거다. 또 내가 만나는 엄마들에게 아이들과 건강한 하루를 만드는 지혜를 전하며 살아가려 한다. 또 내 남편과 명문가를 만들기 위해 서로의 곁을 지키며 머리를 맞대고 이야기하고, 이야기하면서 말이다.

내 품위를 지키며 엄마로 사는 법

초판 1쇄 발행 | 2024년 7월 5일

지은이 | 강해송
펴낸이 | 김지연
펴낸곳 | 마음세상

주소 | 경기도 파주시 한빛로 70 515-501

출판등록 | 제406-2011-000024호 (2011년 3월 7일)

ISBN | 979-11-5636-559-4 (03810)

원고투고 | maumsesang2@nate.com

* 값 16,200원